마음의 평균율

이 책 앞부분에는 독자의 이해를 돕기 위해 본문에 등장하는 음악과 음악 용어에 대한
설명을 담았습니다. 그중 「마음의 평균율에 흐르는 음악들」에는 이 책을 관련 음악과 함께
즐기기를 바라는 마음으로 해당 곡으로 바로 연결되는 QR 코드도 함께 넣었습니다.

마음의 평균율

2020년 10월 21일 초판 인쇄 ● 2020년 11월 4일 초판 발행 ● 지은이 정진욱 ● 펴낸이 안미르
주간 문지숙 ● 아트디렉터 안마노 ● 진행 김민영 이연수 ● 편집 서하나 ● 디자인 김민영 박민수
커뮤니케이션 김나영 ● 영업관리 이정숙 ● 인쇄·제책 천광인쇄사 ● 펴낸곳 (주)안그라픽스
우10881 경기도 파주시 회동길 125 - 15 ● 전화 031.955.7766(편집) 031.955.7755(고객서비스)
팩스 031.955.7744 ● 이메일 agdesign@ag.co.kr ● 웹사이트 www.agbook.co.kr ● 등록번호 제2 - 236(1975.7.7)

이 책의 국립중앙도서관 출판예정도서목록(CIP)은 서지정보유통지원시스템 홈페이지(seoji.nl.go.kr)와
국가자료공동목록시스템(nl.go.kr/kolisnet)에서 이용하실 수 있습니다.
CIP제어번호: CIP2020012246

ISBN 978.89.7059.082.0 (03810)

마음의 평균율

정진욱

안그라픽스

『마음의 평균율』에 나오는 음악 용어들

달 세뇨dal segno

　도돌이표의 하나로 세뇨segno, ％로 돌아가

　연주하다가 피네fine 또는 페르마타fermata, ⌒가

　붙어 있는 겹세로줄에서 끝내라는 뜻이다.

대위법counterpoint

　두 개 이상의 선율을 독립적으로

　활용해 조화로운 음악을 만드는 작곡

　기법이다. 대표적으로 바로크시대의

　바흐의 음악들이 유명하다.

라이너 노트liner note

　'뒷받침하는 각서'라는 뜻으로 음반에

　덧붙여 감상을 돕는 해설을 말한다.

레가토legato

　음악에서 계속되는 음과 음 사이를 이어서

　부드럽게 연주하라는 의미다.

세트리스트setlist

공연, 콘서트에서 연주될 곡의 목록이다.

아다지오adagio

악보에서 '천천히' '매우 느리게'를 뜻한다.

아르페지오arpeggio

펼침화음이라고 하며 화음을 이루는 각 음을
한꺼번에 소리 내지 않고 아래에서 위로, 위에서
아래로 혹은 오르내리는 꼴로 내도록 한 화음이다.

아리아aria

오페라, 칸타타, 오라토리오 등에서 나오는
서정적인 가락의 독창 부분을 말한다.

에튀드étude

'연구' 또는 '습작'을 뜻하는 프랑스어로 음악에서는
보통 연주 기교의 연습곡으로 번역된다.

옥타브octave

주파수 비율이 1대 2인 완전 8도 음정을 말한다.

유니슨unison

‘하나의 음’이라는 뜻이다. 몇 개의 인성人聲, 악기
혹은 오케스트라 전체가 같은 음이나 다른
옥타브에 걸친 음을 연주한다.

이퀄라이저equalizer

사람이 귀로 들을 수 있는 가청 범위 대역 20Hz-
20kHz의 주파수를 분할해 음질을 보정하는 기기다.

조key

조성을 구체적인 모양으로 나타낸 것으로 악곡
구성의 바탕이 되는 음계에 따라 장조major key와
단조minor key로 구분한다.

조바꿈modulation

　　악곡 도중에 조가 바뀌는 것을 말한다.

조성tonality

　　음계의 첫 번째 음인 으뜸음을 통해 질서와

　　통일을 가지는 여러 음의 체계적 현상을 말한다.

　　이 책에서는 다장조C major, 내림라장조D♭ major,

　　라장조D major, 내림마장조E♭ major, 마장조E major,

　　바장조F major, 내림사장조G♭ major, 사장조G major,

　　내림가장조A♭ major, 가장조A major, 내림나장조

　　B♭ major, 나장조B major 등 열두 조성이 등장한다.

코다coda

　　'꼬리'를 뜻하는 이탈리아어에서 비롯된 말로

　　악곡이나 악장 또는 악곡 가운데 큰 단락의 끝에

　　끝맺는 느낌을 강조하기 위해 덧붙인다.

크레센도crescendo

   악보에서 '점점 세게' 연주하라는 뜻이다.

평균율equal temperament

   한 옥타브를 균등하게 열두 등분해
   조율하는 방법이다.

푸가fuga

   바로크시대의 대표적 작곡 기법인 대위법을
   사용해 작곡된 곡이다. 하나의 성부가
   으뜸조로 주제를 연주해나가면 다른 성부가
   그것을 모방하면서 되풀이한다.

푼크투스 콘트라 푼크툼punctus contra punctum

   '음표 대 음표'를 뜻하는 라틴어로
   대위법을 가리킨다.

프렐류드prelude

전주곡을 뜻하며 모음곡 등의 맨 앞에 연주되는
도입부와 같은 가벼운 느낌의 곡을 말한다.

하프시코드harpsichord

14세기경 이탈리아 또는 벨기에 플랑드르Flandre
지역에서 고안된 건반 악기로 현을 뜯어 소리를
낸다. 피아노가 상용화되기 이전인 르네상스와
바로크시대에 대표적으로 사용되었다.

『마음의 평균율』에 흐르는 음악들

평균율 클라비어 곡집Das wohltemperierte Klavier

요한 제바스티안 바흐Johann Sebastian Bach

글렌 굴드Glenn Herbert Gould, 1963년 녹음

바로크시대의 독일 음악가 바흐가 작곡한 건반

악기용 독주곡 모음집이다. 두 권으로 이루어져

있으며 제1권은 1722년, 제2권은 1744년 완성되었다.

이 두 권의 작품집은 당시 실용화되기 시작한 조율법인

평균율을 확립했으며 다장조부터 나단조까지

스물네 개의 모든 조성을 사용해 작곡되었고 각 곡은

프렐류드와 푸가로 구성되어 있다. 프렐류드와 푸가의

나란한 배치에서는 마치 문답 형식이 연상되며

규격화된 형식 안에서 음악적이고도 논리적인 해답을

찾는 것처럼 보인다. 클라비어는 독일어로 건반이 달린

현악기를 칭한다. 원래 이 모음집은 바흐가 아들과

제자를 위한 교육용으로 건반 현악기 하프시코드와

클라비코드clavichord 연주를 위해 쓴 것이지만

현재는 피아노로 주로 연주되어 피아노 음악의

구약성서로 불린다.

골드베르크 변주곡Goldberg Variations BWV 988

요한 제바스티안 바흐

글렌 굴드, 1955년 녹음

글렌 굴드, 1964년 실연

글렌 굴드, 1981년 재녹음

‹골드베르크 변주곡›은 바흐가 독일의 러시아
대사였던 헤르만 카를 폰 카이저링크 백작Count Hermann
Carl von Keyserlingk의 불면증 치료를 위해 작곡했다고
알려져 있다. 제목의 '골드베르크'는 백작이 고용했던
클라비어 연주자 고틀리프 골드베르크 Johann Gottlieb
Theophilus Goldberg의 이름에서 가져온 것이다. 곡의
시작을 알리는 아리아와 서른 개의 변주곡을 모두
지나고 나면 다시 아리아로 돌아와 끝을 맺는다.
건반 악기를 위해 작곡된 단일 작품으로는 유례없는
긴 연주 시간과 형식을 가지고 있다. 이 곡은 캐나다
피아니스트 글렌 굴드의 연주로도 유명하다. 글렌
굴드는 1955년 그만의 파격적인 해석으로 ‹골드베르크
변주곡›을 녹음해 세계적 피아니스트가 되었고,
1981년에 이루어진 재녹음은 그가 1982년 생을
마감하며 유작이 되었다. 시작과 끝이 맞닿는 원처럼
새겨진 그의 연주와 일생은 마치 처음과 마지막에
반복되는 아리아를 닮았다.

마르첼로Marcello

요한 제바스티안 바흐

사카모토 류이치坂本龍一, 2009년 녹음

1713년에서 1714년 사이로 추정되는 기간 바흐는 자신의 작품이 아닌 안토니오 비발디Antonio Vivaldi, 알레산드로 마르첼로Alessandro Marcello, 게오르그 필립 텔레만Georg Philipp Telemann, 주세페 토렐리Giuseppe Torelli 등 다른 작곡가의 협주곡을 독주 건반 악기용으로 편곡해 '이탈리아 협주곡집'이라고도 불리는 «독주 건반 악기를 위한 협주곡Concerti for Solo Keyboard»을 발표했다. 마르첼로는 바흐의 작품번호 BWV 972에서 987에 이르는 열여섯 개 협주곡 가운데 세 번째 곡으로, 알레산드로 마르첼로의 오보에 협주곡을 건반 악기용으로 편곡한 대표 작품이다. 이탈리아풍 바로크 음악의 선율을 느낄 수 있으며 제2악장의 독주 피아노 버전은 ‹비기너스Beginners› 등 여러 영화의 배경 음악으로 삽입되어 비교적 잘 알려져 있다.

달빛Clair de Lune

클로드 아쉬 드뷔시Claude Achille Debussy

조성진, 2017년 연주 영상

프랑스 작곡가 드뷔시는 가장 프랑스적인 인상주의 음악을 완성했다고 평가받는 음악가다. 드뷔시가 초기에 만든 서정적인 피아노곡집 《베르거마스크 모음곡 L. 75 Suite bergamasque L. 75》은 특유의 아름답고 간결한 멜로디로 그의 피아노 작품 가운데 가장 높은 인기를 누리고 있다. 이 모음곡은 〈전주곡〉 〈미뉴에트Minuet〉 〈달빛〉 〈파스피에Passepied〉로 구성되어 있다. 이 가운데 세 번째 곡 〈달빛〉은 1890년 작곡되어 1905년 발표되었다. 단독으로도 자주 연주되는 〈달빛〉은 신비로운 화성과 은유적 분위기가 느껴지는 곡이다. 곡명은 프랑스 시인 폴 베를렌Paul-Marie Verlaine의 시 한 구절을 인용해 붙여진 것으로 알려져 있다.

andata

사카모토 류이치

사카모토 류이치, 2017년 앨범

«async» ‹andata›

일본 음악가 사카모토 류이치는 먼 훗날 자신의
장례식장에 어떤 음악이 흘렀으면 좋겠냐는 질문에
바흐가 좋겠다고 답했다. 그 이유는 "거의 평생
들어왔으니까." 오랫동안 암 투병을 하며 어쩌면
삶의 마지막 지점을 상상했을지도 모를 그가 2009년
앨범 «out of noise» 이후 8년 만인 2017년 새로운
앨범 «async»를 선보였다. 앨범명에 쓰인 'async'는
'비동기'를 뜻하며, 이 앨범은 그에게 가장 개인적인
음악으로 평가된다. 마치 장송곡처럼 비장한 선율과
노이즈가 역설적으로 결합한 첫 번째 곡 ‹andata›는
바다가 교회를 집어삼키는 광경을 상상하며
만들었다고 한다. 수년 동안 자신에게 던졌던
'나는 지금, 어떤 음과 음악이 듣고 싶은 걸까?'라는
질문에 사카모토 류이치는 순수한 음, 오로지
음악으로 답한다.

지구에서 온 편지

김광민

김광민, 1999년 12월 24일

세종문화회관 대극장 피아노 콘서트 실황

재즈 피아니스트 김광민이 1990년 발표한 1집 «Letter From The Earth»는 국내 대중음악계에서 재즈와 연주 음악의 폭을 넓혔다. 이 앨범은 김광민이 미국 유학 생활을 마치고 녹음한 그의 첫 연주 독집이다. 피아노를 중심으로 베이스, 드럼, 플루트, 색소폰을 최소한으로 활용한 어쿠스틱 사운드를 들려준다. 앨범과 동명의 타이틀곡 ‹지구에서 온 편지›는 피아노와 플루트 단둘이 주고받는 대화 같은 선율과 악절 사이를 채우는 먹먹한 호흡으로 이루어져 있다. 김광민은 이 곡에 대해 미국에서 유학하던 1987년 11월 1일, 동료였던 가수 유재하의 부고를 듣고 다음 날에 쓴 추모곡이라고 밝힌 바 있다. 우리는 음악이 끝나고 남는 음향과 떠난 사람이 남긴 좋은 영향을 모두 여운이라 부른다. 1분 남짓한 이 곡이 주는 여운은 여전히 우리 가까이에 남아 있다.

지금은 우리가 멀리 있을지라도

김광민

김광민, 1999년 12월 24일

세종문화회관 대극장 피아노 콘서트 실황

김광민의 3집 «보내지 못한 편지»는 그의 이름을
처음 알렸던 1집 «Letter From The Earth»와 2집
«Shadow of the Moon»에 이어 나온 앨범이다. 거의
전곡을 피아노 하나로 소화하는 것으로 자신의
감성을 오롯이 표현해냈다고 할 수 있다. 특히
이 앨범에서 ‹지금은 우리가 멀리 있을지라도›는
그 스스로 가장 애착이 가는 곡이라고 전했는데
섬세한 아르페지오 선율이 아련한 느낌을 자아낸다.
어릴 적 김광민에게 음악이라는 장르를 일깨워준
존재는 다름 아닌 가족이었다고 한다. 자신의 음악이
사람들에게 슬프게 들린다는 이유에 대해 그는 자신이
스물다섯이었을 때 불의의 사고로 돌아가신 부모님을
향한 기억 때문일 것이라고 말했다. 가사 없는 이 곡은
삶에 밴 슬픔을 말 없이 위로하는 듯하다. ‹지금은
우리가 멀리 있을지라도›는 가수 정준일이 2019년
인천에서 연 소극장 콘서트 ‘겨울’ 공연에서 마지막
곡으로 연주되었다.

아리아

마음은 음악이다.

때로는 피아노의 세 번째 건반에서

때로는 연인의 입술에서 새어 나온다.

낮도 밤도 아닌 시간

하루의 마지막 빛이 나를 쫓아 오는 것만 같을 때

작은 환희들이 마음의 외곽에 스며든다.

검붉은 하늘을 비행하던 두 마리 새가

잠시 내려앉는다.

아마도 어느 먼 곳에서부터 함께였을 한 쌍은

서로를 구속하거나 배반하지 않고

자유로이 호수를 떠다닌다.

잔잔한 수면 위에 비로소

두 개의 파문이 일렁이고

나는 아주 긴장된 장면을 떠올린다.

모두가 숨죽이고 검은 피아노를

응시하고 있는 순간

태아처럼 웅크린 피아니스트의 양손이

움직이기 시작할 때

화음 하나 없는 두 선율의 자유로운 유희 속에서

완벽한 하모니가 울려 퍼진다.

수면 위 두 개의 파동이

부딪혀 반짝였을 때

나는 눈부신 사랑을 목격했다.

아무것도 일지 않는 평온한 수면에서는

절대 일어날 수 없는 사건.

마음의 살결이 공명하며 반짝이는 은파를

나는 마음의 평균율이라 부르기로 했다.

그것은 음악이자 회화이자 사랑이다.

마음에서 완전히 스러지는 것이 있을까.

사랑을 소유할 수는 없지만

사랑하는 마음은 영원히 소유할 수

있을 것 같다.

포개어진 심장과 두 손의 온기를

잃어버린 절망 속에서도

나는 그저 흘러가는 마음의 음률에

귀 기울이고 기보하듯

삶을 적어 내렸다.

세상에서 가장 아름다운 음악은

우리의 삶이라 믿으며

마음과 마음, 영원의 화음을 꿈꾼다.

마음의 평균율

: 열두 조성의 프렐류드와 푸가

이 장은 전주곡인 프렐류드 형식의 짧은 글과
모방반복을 통해 전개되는 푸가 형식의 긴 글이
하나를 이루어 열두 개의 이야기를 만든다.

가온 다를 조심히 눌러보며

다시는 볼 수 없는 사람과의 처음을 떠올린다.

희고 검은 나뭇조각들이 무한수열처럼 늘어서
있는 것만 보면 가슴이 설렌다. 어릴 적
작은 방 모퉁이에 내 키보다 조금 큰 갈색 나무
상자가 들어섰을 때도, 상대방의 마음속에 내가
허락되었을 때도 그랬다. 나는 그때의 떨림을
떠올리며 피아노를 다시 내 방에 들여야겠다고
마음먹었다. 그리고 낙원이라는 이름의
악기 상가로 향했다.

구름처럼 떠 있는 크림색 건물 안에서 유독 낡고
오래된 먹색 피아노에 눈길이 갔다. 가온 다를
조심스럽게 눌러보며 다시는 볼 수 없는 사람과의
처음을 떠올린다. 그가 내게 온 순간부터 한 마디
한 마디 기보하듯 내 마음에 새겨 넣은 시간은
삶의 악보가 되었다.

지금 나는 그 악보를 짚어보며 그때의 표정을
떠올린다. 우리는 서로에게 어떤 멜로디로
기억될까. 언젠가 나는 너의 멜로디를 다시
연주할 수 있을까. 낙원이라는 악기의 정원을
맴돌다 두 갈래의 오솔길처럼 갈라진
우리의 선율이 다시 화음을 이루는 순간을
꿈꾼다. 좋았던 기억들이 마치 한여름의
숲처럼 우거진 마음속에서 나는 영원히
머무를 수 있을 것만 같다.

C maj

$$\frac{\text{D}^\flat \text{ maj}}{\text{II}}$$

마음을 반으로 가를 수 있을까.

보고 싶은 마음과

다시는 떠올리지 않겠다는 마음.

어느 절반이라도 거두어

조금이라도 평온해질 수 있다면.

평생을 걸쳐 바흐를 사랑한 피아니스트.
그의 양손에서 흘러나오는 두 갈래의 선율이
숨죽인 공간을 휘감는다.

푼크투스 콘트라 푼크툼

어느 마디에도 달콤한 화음은 없다. 그럼에도
두 선율은 이상하리만치 완벽한 하모니를
선사한다. 마치 양손이 완벽히 분리된 것만 같은
자유로운 움직임이 더 높은 차원의 조화를
이루어내는 것은 아닐까.

스쳐 간 우리 관계가 들려온다. 완전한 하나가
되기를 바랐던, 그럴수록 더 불안해졌던 우리.
서로의 같음보다는 다름이 마치 크레셴도처럼
커지다가 끝내 헤어짐의 강력한 명분이 되고야
말았다. 사랑에도 대위법이 작용한다면
너와 나의 멜로디가 완전히 결합할 수 있었을까.

피아니스트 글렌 굴드는 절대 재녹음은
하지 않는다는 원칙을 깨고 30년 만에 바흐의
‹골드베르크 변주곡›을 다시 연주했다. 마치
자신의 찬란했던 시절을 온몸으로 견뎌내듯이
그는 완전히 다른 곡이라고 느껴질 만큼
새로운 주법으로 연주해내고야 만다.

누군가의 기억, 언제나 마음에 품고 있으면서도
다시는 돌이키지 않겠다고 생각한 시간의
거울을 나는 다시 바라볼 수 있을까. 각자의
선율이 흘러 닿은 어떤 곳에서 나는 너와
다시 마주할 수 있을까.

몇 번의 밤을 빌어다 쓰면

두 마음이 하나가 될까.

늘 혼자라고 느꼈던 수많은 밤이 덮쳤던 방.

고독이 아직 녹지 않은 눈처럼 서려 있는

침대 위에 두 개의 몸을 눕힌다.

정확히 한 옥타브 위에서 같은 음을 연주하듯이

너와 내가 완벽한 유니슨으로 움직인다.

그렇게 우리는 하나를 꿈꾼다.

몇 번의 밤을 빌어다 쓰면

두 마음이 하나가 될까.

이 순간에도 나는 다시

혼자가 되는 것을 상상한다.

쏟아지는 별빛이 밤의 추심자처럼 달려온다.

D maj

$$\frac{\text{E}^\flat \text{ maj}}{\text{IV}}$$

겨울 코트 주머니에 넣어둔 너의 체온을 꺼낸다.

유년의 어떤 기억은 성인이 다 되어서도
잊혀지지 않고 삶을 지배한다. 골짜기 같은
작은 골목길에서 불어오던 바람 내음, 담벼락을
아직 넘지 못한 무화과 나뭇잎보다도 풋풋했던
사랑은 삶의 순간마다 우리의 삶을 속삭인다.
나고 자랐던 동네가 사라져도, 그 사람이
내 곁에 없어도, 계절은 똑같이 찾아온다. 어쩌면
완벽하리만치 무한히 순환하는 계절 때문에
우리는 더 고독해진다.

바로 지금 그때의 바람이 분다.
바람의 온도를 단서 삼아 마음은 열심히
기억을 복원해낸다. 아직 퇴화하지 못한
마음속 이야기들은 또 다른 바람의 싹을 틔운다.
우리는 다시 만날 수 있을까.

우리는 차마 발화되지 못한 말들을 품고
살아간다. 정작 말이 되지 못한 단어들은 때때로
필름에 현상되어 계절에서 계절에게 부쳐진다.
여름이 겨울에게
서로가 서로에게.

E♭ maj

$$\frac{\text{E maj}}{\text{V}}$$

내가 상실한 모든 것은 소년이 지니고 있었다.

엄마가 일하러 간 사이, 늘 혼자였던 소년은
피아노 앞에 앉는 일이 그렇게도 좋았다.
메트로놈을 아다지오에 맞춰놓고 음계 연습을
하던 그 지루한 시간마저.

도돌이표처럼 반복되는 열두 조성을 수십 번
연습하고 나서야 연주곡과 마주한다. 그 순간마다
소년에게는 아직 연주되지 않은 미래가 끝없이
펼쳐져 있을 것만 같았다.

숨 가쁜 삶의 오르내림을 거치며 어느덧
그 시절의 템포를 상실하고 나서야
내 마음은 소중한 것들에게 가닿는다.

내가 잃어버린 모든 것은 이미 소년이 지니고
있었다. 내가 사랑했던 음표들, 엄마의
반음 높은 웃음소리와 삶의 리듬은 아이를
피아노 학원에 맡겨두고 일터로 나가야만 했던
엄마가 소년을 위해 내어준 모든 것이었다.

E maj

F maj

VI

우리는 저마다 누군가의 멜로디를 품고 산다.

소극장에서 처음으로 그의 목소리를 직접 들었어.
〈고백〉을 노래하고 나서 그는 세트리스트 사이
책갈피 같은 틈에 정말로 자신의 유년 시절을
고백했어. 지금은 노래를 부르고 있지만 재즈
피아니스트를 꿈꾸었고 꿈을 품던 어린 시절을
이 도시에서 보냈다고 말이야. 그리고 데뷔한 지
몇 년이 지나서야 이곳을 다시 찾았다고.

마치 고해성사를 하는 소년처럼 떨리는 목소리로
읊조렸어. 그가 정말 소년이었을 때 엄마와 함께
석간신문을 돌리곤 했대. 일감을 모두 끝내고
해 질 녘 음료수를 마시며 목마름을 달래던
그 순간이 그렇게도 행복했다는 거야. 그 진심
어린 표정을 보며 한 공간에서 같은 목소리를
호흡하던 관객들은 어떤 소년 소녀였을까.

나는 생각했어. 그의 입을 통해 새어 나오는
노랫말은 어릴 적부터 연주하던 피아노 선율과
다름없음을. 마침내 그가 직접 피아노 앞에
앉았어. 가사 없는 노래에 관객은 조금은
아쉬운 듯 웅성거렸지만 이내 숨죽이고
멜로디에 집중했어.

어쩌면 우리는 저마다 누군가의 멜로디를 품고
사는지도 몰라. 언젠가 그 멜로디를 다시
연주할 수 있을 거란 희망 같은 믿음이 생겼어.
막이 내리기 직전 그가 악보 없이 품고 있던
김광민의 곡을 연주한 것처럼 말이야.

〈지금은 우리가 멀리 있을지라도〉

F maj

G♭ maj

VII

그때의 기억이 아르페지오처럼 펼쳐져 흩어진다.

친구의 갑작스러운 부고를 받고 한참이나
절망에 빠져 있던 김광민은 피아노 앞에 앉아
애도의 곡을 써 내려갔다. 그리고 어딘가 다른
행성에 있을 벗에게 부쳐진 멜로디는 이렇게
〈지구에서 온 편지〉가 되었다.

이 편지는 별빛처럼 흘러 분명 우주의
어느 행성에서 읽혔으리라. 몇 광년이나
떨어졌을 어딘가에서 유재하는
어떤 소리로 답을 보내왔을까.

그가 지구에 선물처럼 남기고 간 노랫말처럼

아름다울 답장을 상상하는 동안, 한없이

보고 싶은 사람과의 기억이 지금 귓가에 흐르는

아르페지오처럼 눈앞에 펼쳐져 흩어진다.

G♭ maj

변하는 것과 변하지 않는 것 사이에서.

오래된 궁궐 근처 고즈넉한 길가의, 그 풍경과는
전혀 어울리지 않던 카페를 기억한다.

사진작가 윌리엄 에글스턴과 건축가
르 코르뷔지에의 빛바랜 전시 포스터가 작품처럼
걸려 있던 벽면과 오랜 시간을 견뎌낸
빈티지 가구들이 아무렇지도 않게 놓여 있던 곳.

그런 것들과 무관하다고 여겼던 우리의
시작과 끝은 그곳이었다. 관계가 무르익던 시간들
그리고 그 관계가 무너지기 시작한 순간마저도
우리는 늘 같은 공간에 있었다.

내가 상대방의 미지근한 감정을 알아차린 날
장조에서 단조로의 조바꿈처럼 갑작스럽게 바뀐
감정의 온도를 나는 견딜 수 없었다.
우리의 처음과 끝을 기억하고 있을 것만 같은
그곳의 모든 것이 나를 닫힌 시간 속에
가두어 버리는 것만 같았다.

변하는 것과 변하지 않는 것 사이에서 나는
어찌할 바를 몰랐다. 더는 어떤 것도
아름답다고 말할 수 없었다.

G maj

$$\frac{\text{A}\flat \text{ maj}}{\text{IX}}$$

좋았던 기억들이 자라나

마음의 정원에서 우거질 때

나는 또 어떻게

오래된 계절을 버텨낼까.

계절의 빛이 뜨거워질수록 나는 마음의 가장
어두운 자리를 찾는다. 온갖 변명들이 밀어낸
가장자리에는 여전히 화장되지 못한
내 잘못들이 무덤처럼 엎드려 있다.

그해 여름, 미처 다정한 언어로 익어가지 못한

마음을 그저 묵묵히 이해해주던 사람.

그 표정을 닮은 여름 앞에서 나는

완전히 무릎을 꿇는다.

$$\frac{\text{A maj}}{\text{X}}$$

너를 생각하며 좋아하는 글자를

열심히도 쓰고 다닌다.

무더위 속 강변을 달리다 지쳐 모든 감각이
마비되어 진공 상태처럼 느껴질 때
작은 지류에 잠시 멈추어 선다. 그리고 비로소
아주 잘게 흔들리는 물결, 나뭇잎 사이로 이는
엷은 바람 소리가 들려온다. 그때는 왜 이처럼
작고 소박한 속삭임에 귀 기울이지 못했을까.

다시 천천히 걷기 시작하며 이어폰을 한 쪽씩
나누어 듣던 노래를 들어본다. 이제는
절정으로 치닫는 후렴보다는 나지막이 읊조리는
도입부에 더 머무르고 싶다. 고요한 반주 사이로
독백처럼 뱉어내는 노랫말을 듣고 있노라면
왠지 처음으로 돌아갈 수 있을 것만 같아서.

이내 바랄 수 없는 걸 또 바란다. 결국
마지막 마디처럼 사라져 버릴 멜로디를
한 번이라도 더 돌이킬 수 있다면.

A maj

$$\frac{B^\flat \ \text{maj}}{XI}$$

사라지는 것들을 사랑하기로 하다.

마음속에서 완전히 사라지는 것이 있을까.
꽃에서 떨어진 아포처럼 스러진 감정은
몇 번의 계절을 지나 다시 그 자리에 첫눈처럼
내려앉고야 만다.

눈을 감아도 함께 듣던 노래처럼
아른거리는 장면과 어쩔 수 없는 감정들.
그래서 아름다운 것들.
결국 사라지는 것들을 사랑하기로 한다.

소멸하는 것은 없기에.

사라지는 것을 사랑하는 것은

잠시 보이지 않는

영원에 관한 믿음이다.

B♭ maj

B maj

XII

아무도 없을 걸 알면서도 나는 왜 바다에 왔을까.

눈을 감으면 너의 쓸쓸한 뒷모습이 떠올라.
무작정 겨울 바다를 함께 보러 갔을 때 파도 위에
겹쳐졌던 너의 뒷모습을 나는 한 걸음 물러나
바라보았어. 그때 넌 어떤 마음이었을까.

쓸쓸한 계절을 등 뒤에 오롯이 혼자 지고 있던 널
나는 왜 안아주지 못했을까.
그 바다로 다시 돌아갈 수만 있다면
미안하다는 말 대신 너를 웃게 해주고 싶다.

네가 진심으로 좋아하는 것들을

이야기할 때 입가에 새어 나오던 그 미소를

한 번 더 볼 수 있다면.

B maj

골드베르크 변주곡

'매일 아침 바흐를 연주할 것'

낡고 오래된 피아노에
메모를 하나 붙여놓았다.
손가락이 건반 위를 더듬거리며
기억을 복원하려 할 때마다
메모는 낡고 거친 나무 표면에서
자꾸 떨어졌다.
나약한 나의 마음처럼.

아침의 피아니스트

피아노 연습을 마치고 바다로 향하는 열차에
무작정 몸을 실었다. 바로 그날처럼. 그때와
다른 것은 하늘에서 햇살이 비치던, 그러니까
낮과 밤이 뒤바뀌었다는 것뿐이었다. 아침의
분주한 승객들이 늘어선 줄에 떠밀리듯 탑승한
열차 안에서 나는 생각했다.

'내 삶이 불안하지 않았던 적이 있던가.'

무엇을 하고 싶다는 의욕보다는 불안에서
벗어나려는 마음이 지금껏 내 삶을 이끌었다.
유년 시절에도 대학 입시 때도 오직 그 마음이었다.

나는 대학 졸업 후 금융회사에 들어갔다. 당연히 이곳 사람들 대부분은 경제학과 출신이었다. 인문대학을 다니면서 희랍 철학보다 논리학이 더 어려웠던 나는 경제학은 개론조차도 수강하지 않았다. 그럼에도 내가 이 회사에 지원했던 건 높은 연봉 탓도 있었지만, 컬처 마케팅과 세련된 브랜딩으로 널리 알려진 기업 이미지 때문이었다. 보수적인 여타의 금융회사답지 않게 이 회사는 모든 직원이 자유 복장을 한다는 것도 철없던 당시에는 꽤나 매력적이었다.

경제학도 사이에서도 경쟁률이 꽤 높은 이 회사가 나 같은 인문학도를 뽑은 이유에 대해 나에게 그나마 브랜딩 업무를 시키려는 것으로 받아들였다. 무척 자의적인 해석일 수 있지만, 신입사원 연수를 함께 받던 동기들도 당연히 그렇게 생각했다. 대개는 재무팀 같은 핵심 부서로 발령받기를 원했던 동기들은

연수원에서부터 치열하게 경쟁했다. 다행인 건지
나는 그 무리에서 배제된 느낌이었고
그 기분이 생경하지만은 않았다.

하지만 나는 전혀 예상치 못한 부서에 발령을
받았다. 동기들이 열렬히 원하던 본부 가운데
하나였지만, 그곳은 나에게 어떠한 의미도 없었다.
리스크라는 말을 그곳에서 처음 들었을 정도로
내가 전혀 알지 못하던 곳이었기 때문이었다.
금융업이 자금의 안정성을 기반으로 한다는
점은 알고 있었다. 그래서 리스크 본부라 하면
자금의 위기관리를 하는 곳이겠거니 하고
적당히 아는 체했지만, 구체적으로 어떤 업무가
이루어지는지는 전혀 알지 못했다.

불안에서 벗어나려는 욕구로 이곳까지 떠밀려
온 나는 취업 시장의 역설을 온몸으로 통과하고
있었다. 가까스로 들어온 회사를 퇴직금도 받기
전에 그만두어야겠다는 생각이 들었으니까.

취업률이 최저에 다다랐지만, 신입 사원의
퇴사율은 최고조에 이르던 시기였다. 숨 가쁜
일상과 퇴사라는 고민 위에서 나는 열심히
표류하고 있었다. 바다 위 작은 부표처럼 나만의
루틴을 띄워놓고 따르는 일로 불안한 마음을
가라앉혔다. 그걸 지키고 나면 마치 위성처럼
우주의 안정된 궤도 속을 항해하는 것만 같았다.

북향

━━━━━━━　　　　━━━━━━━

그날의 루틴도 모두 완벽했다. 정확히 아침 6시,
북으로 난 작은 창문 틈으로 칼날 같은 햇빛이
들어와 내 방에 머물렀다. 알람을 끄자마자
좋아하는 음반을 꺼내 내가 맞이할 하루의
첫 소리를 정한다. 그리고 말끔히 샤워한 뒤 전날
밤 곱게 개어둔 옷들을 꺼낸다. 오늘은 오라리의
무채색 셔츠들 사이에서 무엇을 입을지 고민했다.
옷자락의 부드러운 감촉을 느끼며 팔을 천천히
밀어 넣었다.

　　그리 대단한 건 아니지만 나는 내가 정해둔
사소한 순서를 지켜야만 일과가 잘 풀렸다.
아니 잘 풀릴 것 같았다. 그래서 그날도 그렇게

완벽한 하루를 맞이할 거라 생각했다.

　나는 얼굴에 좀처럼 아무것도 바르지 않는 편이지만 선블록 하나만큼은 꼭 챙겨 바른다. 그런데 ~~그날 마침~~ 항상 쓰던 선블록이 떨어졌던 것이다. 나는 무언가 허전함을 느꼈고 마음이 심각하게 불안하고 초조해졌다. 사실 그것이 선블록인 건 딱히 중요하지 않았다. 아침의 루틴을 완성하는 퍼즐 조각 하나를 잃어버렸다는 것이 나에겐 중대한 사건이었다. 어쨌든 그 일이 내 마음을 완전히 무너뜨렸고 벌거벗은 기분으로 근무 시간을 겨우 버텨냈다. 그리고 퇴근하자마자 곧장 백화점으로 향했다.

　나는 평소 백화점에 자주 가지는 않는다. 가끔 향수 따위를 사러 1층 화장품 코너만 들르는 정도였다. 구매하는 브랜드도 늘 정해져 있어 나는 헤맬 것도 없이 매장으로 바로 직행했다. 처음에 그녀가 나를 응대했을 때만 하더라도

나는 재빠르게 목표만 해결하고 가야겠다는
심산이었다. 순간적으로 다른 욕구가 생긴 건
그녀가 내 손등에 제품을 발라주었을 때였다.

　나는 어떻게든 여자와 엮일 기회만 생각하는
친구 녀석들보다 조금 더 진화했다고 자부했다.
그럼에도 나는 왜 그때 그 욕망을 참을 수
없었을까. 평소 붙임성도 없는 내가 그런 용기를
냈으니 지금 생각해도 이해가 되질 않는다.
그늘진 내 마음에 그녀가 들어서는 일은
북향집 내 방에 햇빛이 머무르는 찰나처럼
그렇게 순식간에 이루어졌다.

　계산을 하면서 연락처와 함께 메시지를
남기고는 백화점 정문을 나왔다. 방금 내가 무슨
행동을 한 건지 곱씹을 겨를도 없이 길 건너
패스트푸드점으로 들어갔다. 먹지도 않을 셰이크
하나를 주문하고는 빨간색 스트라이프가 새겨진
빨대만 반복해서 저어댔다. 그때 내 머릿속은

오직 '그녀가 나타날까?'라는 단 하나의 질문으로 가득 차 있었다. 백화점은 곧 폐점 시간이었다.

"원래 이런 식이에요?"

"네?"

"그렇게 아무한테나 치근대는 사람이냐고요."

"그쪽이 아무나는 아니잖아요."

"배고파요.

"그럼 나가서 함께 저녁 먹을까요?"

"아니에요. 그냥 여기서 먹죠."

그토록 기다리던 그녀와의 첫 대화였다.

그녀는 내가 마음에 들지 않아 그러는 거라고

생각했다가도 '그렇다면 여기까지 왔을 리가

없잖아.' 하고 속으로 위안했다. 어쩌면 정말

햄버거를 좋아할지도 몰랐다. 우리는 창가 자리에
나란히 앉아 치즈버거를 먹었다. 창문 밖에는
몇몇 사람이 쇼핑백을 들고 지나가고 있었고
'소년들처럼'이라는 뜻의 프랑스어가 쓰여 있는
가방을 들고 바삐 움직이는 소녀들이 유독 눈에
많이 띄었다. 나는 그렇게도 할 말이 없었는지
시시한 질문 하나를 꺼냈다.

"영화 좋아하세요?"
"그럼요."
"어떤 영화요?"
"일단 블록버스터는 싫어요. 보고 나면 일을
마치고 백화점 후문을 나올 때처럼 머리가
텅 비어버리는 것 같거든요."

그렇게 우리는 같은 건물에 있던 극장에서
홍상수의 신작을 봤다. 영화가 끝났을 때는

어느덧 자정에 가까운 시각이었다.

"바다 보고 싶어요."
"지금요?"
"네. 지금 당장이요."

우리는 곧장 기차역으로 향했다. 그리고 바다로
가는 마지막 야간 완행열차표를 끊었다. 어젯밤
아니 조금 전까지도 전혀 예상하지 못했던 일이
꿈처럼 일어나고 있었다. 탑승한 열차 칸에는
우리 말고 아무도 없었다. 그래서 객실은 둘만의
작은 방처럼 느껴졌다. 우리는 모르는 사람처럼
따로 앉았다. 아니 정확히는 서로 모르는
사이였다. 그녀는 내 앞자리에 앉고서 뒤돌아
말을 걸었다. 마치 영화 ‹이터널 선샤인›에서
몬탁으로 가는 열차를 탄 클레멘타인처럼
해맑은 표정으로 나에게 질문을 해댔다.

그 내용이 무엇이었는지는 기억이 나지 않는다.

즉흥적인 일을 지독하게 싫어하는 나도
이상하게 그 순간만큼은 불안하지 않았다.
그녀의 강력한 끌림이 나를 안정되게 만들어
이렇게 쉽게 인연이 될 리 없다고 의심까지 들
정도였다. 우리는 원래 서로 알고 있었던 건
아닐까. 영화에서처럼 기억을 지우는 처방이 있어
함께했던 시간들을 지워버린 거라고.

내가 쓸데없는 상상을 하는 동안 그녀는
가방에서 작은 전자 오르간을 꺼냈다. 아무
로고도 버튼도 없는 검은색 미니 오르간이었다.
그녀는 이내 연주를 시작했다. 그 분위기가
매우 스산하면서도 어딘가 익숙했다. 나는
그때만 해도 그 곡이 무슨 곡인지 알지 못했다.
그리고 그 곡을 훗날 다시 들으리라는 것도.
우리의 첫날은 아까 본 영화 속 장면들처럼
개연성이 전혀 없었다.

굴드의 피아노

그녀와 나의 두 번째 만남은 어느
레스토랑에서였다. 나는 약속 시각보다 조금
일찍 도착해 먼저 자리를 잡았다. 비 오는 날이라
그런지 식당 내부에는 빈 테이블이 많았고
익숙한 듯 낯선 사운드가 깔려 있었다. 음악을
들으며 역시나 비 오는 날의 공기는 어느
이퀼라이저보다 낫다고 생각하고 있을 때 그녀가
들어왔다. 그녀는 첫날 보았던 모습 그대로
반짝였지만 나는 적잖이 당황했다. 어떤 남자와
함께였기 때문이다.

그 남자는 그녀가 일하는 백화점 1층의 잡화
파트 관리자라고 했다. 소개는 단 그뿐이었다.

그녀와 그 이상의 관계인지는 가늠이 되지
않았다. 마치 작가의 프로필이 적혀 있어야 할
날개가 없는 책처럼 의문 투성이였다. 그런데도
우리 셋은 버터 향이 가득한 홍합 요리에 화이트
와인을 주문하고는 아무렇지 않게 저녁 식사를
했다. 강한 버터 향이 마치 음악처럼 우리를
감돌았고 적당히 드라이한 와인과 완벽한 조화를
이루었다. 두 번째 만남이었지만 모든 것이 너무
극적으로 달라진 장면에 나는 다시금 불안해졌다.

그는 톰브라운 수트를 입고 있었는데 단단한
체구를 충분히 상상할 수 있을 정도로 몸의
윤곽이 드러났다. 셔츠 옷깃은 검게 그을린 목을
너무 조이지도 느슨하지도 않게 그야말로 아주
적당하게 감싸고 있었다. 정교하게 매듭지어진
레지멘탈 타이가 탄탄한 가슴과 복부로 요염하게
휘어져 늘어졌고 차콜그레이의 바지 자락은
발목을 모두 덮기에는 조금 모자랐다. 살짝

드러난 구릿빛 피부는 일부러 태운 것이 아니어서 자연스럽게 윤기가 흘렀다.

어느새 나는 그녀보다도 그를 의식하고 있었다. 하지만 그를 경계한다기보다는 그에 대한 호기심이 더 컸다. 내 감각이 모든 걸 동원해 그를 파악하려고 애쓰며 이틀 치 수염이 둘러싼 강건한 턱 끝에 내 시선이 머물러 있을 때였다. 음식을 반쯤 남겨두고 그가 말을 꺼냈다.

"〈골드베르크 변주곡〉이군요."
"키스 재럿이잖아요."

그녀는 바흐의 곡이 맞는다는 대답 대신 냉소적으로 반문했다.

"그게 어때서요?"
"역시 바흐 하면 글렌 굴드죠."

"그래요? 나는 키스 재럿이라고 생각하는데.
아무래도 바흐는 하프시코드로 연주해야
제격이니까."

"굴드야말로 피아노 페달을 최소로 사용하고
오직 손가락만으로 맑고 초연한 하프시코드의
음색을 구현해냈죠."

"그가 사랑했던 피아노에 대해서는 저도 알고
있어요. 스타인웨이의 CD 318말이에요. 하지만
악기에 대한 과도한 집착으로 급기야 피아노가
그에게서 도망친다는 망상에 이르렀고 연주를
그만둘 뻔했잖아요."

테라스에서 논쟁을 이어나가려는 기세로
둘은 함께 자리를 비웠다. 나는 본 적도 없는
굴드의 피아노를 상상하고 있었다.
창문 밖에서 누군가 담배에 불을 붙이려는
라이터 빛이 마치 반딧불이처럼 반짝였다.

기억의 대위법

혼자 남겨진 나는 소외감을 느꼈다기보다는
불현듯 나 자신에게 놀라고 말았다. 불과 몇 분
전만 해도 처음 듣는 곡이라 생각했던 멜로디를
혼자서 흥얼거리고 있었기 때문이다. 이윽고
속이 메슥거렸다. 그러다가 토해내듯이
아주 오래 묵은 기억을 뱉어냈다.

'내가 어떻게 이 곡을 잊고 있었을까.'

내 몸에 새겨진 한 소년을 기억했다. 선율 속에
묻혀 있던 어떤 유년의 오후가 섬광처럼 번뜩였다.

엄마는 소년을 피아노 학원에 보냈다. 그 시절
누구나 그랬듯이 음악에 재능이 있든 없든
아이가 원하든 그렇지 않든 당연히 남들이 하는
걸 엄마는 누구보다 열심히 따랐다. 소년도 그에
순응하는 아이였다. 바보같이 무엇이 좋고 싫은
건지 표현하지 못했다. 엄마는 그걸 어디에서나
적응을 잘한다고 해석했다. 아이를 피아노 학원에
맡겨 놓고는 밖에서 열심히 벌었다. 스스로가
제대로 배우지 못했다고 여겼던 당신이 삶을
레가토로 이끌어가기 위한 유일한 방법이었다.
페달 하나 없이 오직 손가락만으로 음을 연장하는
피아니스트처럼.

　　피아노 선생님은 으레 아이들이 연습을
게을리할 걸 알고 일부러 적당량의 두 배씩
숙제를 내주곤 했다. 아이들은 각자의 피아노
방에 들어가 기껏해야 절반 정도 연습을 했다.
하지만 소년은 미련할 정도로 정직하게 연습했다.

그런데도 대충 연습하는 또래 친구들보다
진도가 더뎠다. 선생님은 수업 때마다
소년을 강하게 다그쳤다.

"연습을 제대로 해야지. 다시 똑바로
음계 연습부터 하자. 다장조부터. 스무 번씩!"

소년은 그때마다 주눅이 들다가도 내심 그
훈계가 싫지만은 않았다. 그 핑계로 피아노 앞에
조금이라도 더 앉아 있을 수 있었으니까. 오히려
제자리걸음조차 좋아하고 있음을 내색하지 않는
것이 소년에게는 더 어려운 일이었다.
　　소년과 함께 피아노를 시작한 친구들은 어느덧
콩쿠르에 나갈 준비를 하고 있었다. 소년은
들어갈 수 없던 방, 그래서 결코 만질 수 없던
스타인웨이 그랜드 피아노를 오로지 음색으로만
기억했다. 그 방에서는 유난히 바흐의 평균율이

자주 흘러나왔다. 선생님이 악보조차 건네주지
않았던 그 연습곡을 소년은 공기처럼 호흡하며
마음에 새겨 넣었다.

소년은 이따금 참을 수 없는 충동을 느꼈다.
방 주위를 기웃거리며 문틈으로 방 안을
훔쳐보다 크게 혼이 나고는 했다. 어쩌면
그때부터 소년은 말이 없었다. 정확히 말하면
소년은 자신의 내부와 외부 사이에 투명한
선 하나를 그어두었던 것이다.

나는 한동안 잊고 있던 멜로디 위에서 홀로
외줄 타기를 하듯 아스라한 기억을 들여다보고
있었다. 바로 그때였다. 그녀가 등 뒤에서
나를 와락 껴안았다. 나는 소스라치게 놀랐다.
가까스로 상기한 거울 같은 기억들이 산산조각이
났다. 더 소름 끼쳤던 건 그가 우리 모습을 그저
지긋이 바라보고 있었다는 것이다. 등 뒤에서

그녀의 뜨거운 체온과 나를 정면에서 바라보는 그의 차가운 시선에 압사당할 듯해 나의 몸은 지금까지 느껴보지 못한 상태를 경험했다. 공존할 수 없는 두 계절의 온도를 마치 한 몸에 품고 있는 것만 같았다.

그 이후 백화점 정문 앞에서 그녀를 매일 같이 기다렸다. 하지만 나는 그와 단 한 번도 마주치지 않았다. 그날 그녀가 그를 왜 데려왔는지도 나는 애써 묻질 않았다. 나는 그의 모습을 기억 속에서 좀처럼 지울 수 없었다. 그녀의 등 뒤에는 언제나 그의 잔상이 그림자처럼 달라붙어 있었다.

안전한 불안

발령받은 부서에서 무사히 수습 기간을 마친 나는
금융회사의 업무를 조금씩 파악해가고 있었다.
이 회사 또한 겉으로 보이는 화려한 컬처
프로젝트 뒤에서 높은 금리의 대출 상품에 수익을
의존하고 있었다. 회사 안에서는 고객의 대출
한도와 금리를 매기는 것을 크레딧이라 했고
이후 빌려준 돈을 찾는 일을 컬렉션이라고 했다.

"그러니까 앞 단에서 그렇게 무턱대고
빌려주지 말란 말이야. 오늘도 몇 건을
헐값에 떨군 줄 알아?"

컬렉션 부서에 있는 한 녀석이 크레딧 부서에
있는 동기를 나무랐다. 빌려주고 되찾지 못한
돈을 다른 추심업체에 넘기면서 소위 채권을
떨군다고 표현했다.

"위에서는 더 많이 팔라고 하지, 금융감독원
규제는 점점 더 심해지지, 나보고 어떡하라고."

동기들이 서로의 자리를 불평하는 사이 나는
결코 섞일 수 없을 것만 같던 그들과도 조금씩
가까워졌다. 놀라운 것은 얼음처럼 냉정한 그들이
스스로는 나름 유연한 사고를 지니고 있다고
믿는 것이었다. 하지만 그녀의 자유분방한
모습과는 비교조차 할 수 없었다. 업무에
익숙해질수록 회사 안과 바깥이 점점 극명하게
대립해 나는 혼란을 느꼈다.
　　내가 속한 리스크 본부에서는 월말마다

포트폴리오 리뷰가 이루어졌다. 자금의 흐름과 안정성을 점검하는 회의였는데 점점 떨어지는 회수율이 전 직원의 숨통을 조여왔다. 그날마다 숨이 턱 끝까지 차오른 잠수부처럼 하얗게 질린 얼굴로 퇴근하는 나를 그녀는 말없이 위로했다.

그녀는 늘 멋진 공간으로 나를 안내했는데 유독 카페 한 곳을 자주 갔다. 그곳에는 내가 태어나기도 전에 생산되었다는 빈티지 의자와 조명 그리고 누군가의 취향이 훤히 드러나는 아트북이 놓여져 있었다. 그곳에서 가장 눈에 띈 것은 서양 여성의 흑백 포트레이트였다.

벽에 걸린 사진을 처음 보았을 때 나는 이상하게도 아주 강한 호기심을 느꼈다.

"이사벨라 로셀리니를 알아요?"

내가 사진을 뚫어지게 응시하자 그녀는
기다렸다는 듯 물었다. 그리고는 그 사진이
자신이 가장 좋아하는 사진작가 로버트
메이플소프의 작품이라고 했다. 알고 보니 그녀의
휴대전화 잠금화면도 늘 그의 사진이었다.

카페 한켠, 견뎌온 시간의 부피가 고스란히
느껴지는 의자에서 우리는 몸을 함께 의지하곤
했다. 그렇게 특별한 대화를 나누지 않고도
하루의 여백을 함께 음미하는 일을 즐겼다.
만남의 뚜렷한 목적 없이도 그녀와 한 공간의
공기를 호흡하는 일이 참 좋았다. 서로의 기억에
같은 시간을 켜켜이 쌓아간다는 것만으로도
충분히 아름다운 날들의 연속이었다.

그녀와 함께 머물던 공간들은 취향의
도피처였다. 관심도 없는 분야의 일을 해나갈수록
공허해지는 나의 마음에 다채로운 심상을
불어넣어 주었다. 그것은 그녀 자체에서

뿜어져 나오는 것이기도 했고 때로는 그녀와
함께하는 시공간이 선사하는 것이기도 했다.
어쨌든 나의 지루한 일과와는 너무 달라 나는
마치 두 세계 사이에 걸터앉아 있는 듯했다.

　시간이 흐르면서 어느 한쪽 세계를 포기해야
할지도 모르겠다는 예감이 들었다. 하지만 지금
이 무거운 삶의 의무를 놓아버린다면 무중력
상태처럼 부유하는 마음의 가벼움도 증발해버릴
것쯤은 알고 있었다. 다만 언제라도 한쪽을
포기해버릴 수 있을 것만 같은 욕구가 함께 들던
음악의 잔향처럼 마음속에서 늘 감돌고 있었다.
어쨌든 그녀와 같이 있는 시간만큼은 모든 일을
내려놓아도 되겠다고 생각할 정도로 홀가분했다.

A.P.C.

우리는 결코 서로의 사생활을 묻지 않았다.
그래서 때로는 그녀가 나에게 너무 관심이 없다고
느껴졌다. 사실 우리가 서로를 대하는 태도는
무관심이라기보다 겉으로 드러나지 않는 은밀한
관심에 가까웠다. 상대의 내밀한 부분 그러니까
육체의 표면보다는 마음속 심연의 출렁임을
느끼고 싶었고 그 중심에 이르는 데에는 서로의
이름 따위도 필요 없다고 생각했다.

그녀가 나에 관해 얼마나 알아차렸는지
모르겠지만 나는 그녀를 어느 정도 가늠했다고
믿었다. 그녀에게서 드러나는 작지만 특별한 점
때문이었다. 그녀는 줄곧 오선지에 무언가를

채보하며 흥얼거렸다. 스피커에서 흘러나오는
음악의 코드는 물론이고 그 내성과 음의
오르내림을 거의 단번에 알아차렸다. 그건
마치 보이지 않는 것을 볼 수 있는 능력처럼
무척이나 신비로웠다.

"음악을 들리는 대로 옮기는 건 어렵지 않아.
그것을 있는 그대로 연주해야만 하는 일이
어렵고도 슬프지. 나는 그 아름다운 선율을
만들어낼 수 없다는 사실 때문에 말이야."

천재적인 재능과도 같은 그녀의 특별한 면모와
이따금 내뱉는 의미심장한 문장 때문에 나는
최소한 그녀가 음악 전공자라고 생각했다. 하지만
그 추측이 무색할 정도로 그녀에게는 여전히
혼란스러운 점이 많았다. 무엇보다도 그녀는
자신이 가진 보석 같은 재능을 별로 소중히

여기지 않는 것 같았고 자신의 내부보다 외부
그러니까 옷에 너무 많이 빠져 있었다.

　그녀는 내가 평소 관심도 없던, 아니 관심이
있더라도 알아차릴 수 없는 것들을 이야기했다.
한번은 그녀가 즐겨 입는다며 아페쎄라는
브랜드를 내게 알려주었다. 아페쎄는
'창작과 제작의 아틀리에'라는 뜻의 프랑스어를
줄인 이름이었다. 그녀는 단지 옷뿐 아니라
그 브랜드에 관한 아주 사소한 것들까지도
좋아하는 것 같았다.

　그녀는 브랜드 라벨의 마침표마저 사랑했다.
아페쎄의 로고는 헬베티카로 만든 것이라고
했다. 그녀는 장식이 없는 글자를 좋아한다고
고백하듯 이야기하며 특히 헬베티카는 마침표가
정사각형이라서 매력적이라고 했다. 그녀는 그런
것들을 나에게 열심히 설명했지만, 금융회사
빌딩 안에서 허공을 떠다니는 숫자들처럼 도대체

나와는 아무 상관 없는 일이라고 생각했다.

그녀는 아페쎄의 간결하고 서정적인 옷을
즐겨 입는 데 그치지 않았다. 언젠가 파리로
유학을 가면 꼭 그 브랜드 하우스에서 일하고
싶다고 말했다. 아페쎄의 창립자는 튀니지 출신
프랑스 디자이너 장 투이투였다. 그는 패션뿐
아니라 음악, 미술 등 경계를 넘어 창조적인
행위를 보여주는 예술가에 가까웠다. 지금
생각해보면 그녀가 지향하는 삶과 무척 닮아
있는 것 같기도 했다.

그녀는 백화점에서 정작 자신이 일하고 있는
화장품 브랜드보다 옷에 관해 더 자주 이야기했다.
그래서 그녀의 삶이 조금 더 수수께끼 같았다.
그럴 거면 차라리 직장을 화장품 매장이 아니라
의류 매장으로 옮기는 게 나을지도 모르겠다고
생각할 정도였다. 나는 무엇이 그녀를 그토록
패션에 열광하게 하는지 이해하지 못하면서도

한편으로는 부럽기도 했다. 무언가를 그렇게
열렬히 좋아하는 마음 말이다.

　　회사에 다니면서 점차 무기력하고 어두워지는
내 모습을 인지할수록 나는 그녀를 자꾸 곁에
두고 싶어 했다. 그리고 나는 처음으로 내가
원하는 것에 대해 생각했다. 하지만 나는 자신이
진정 원하는 것이 무엇인지도 깨닫지 못한
채 어설픈 문장들과 마침표만 썼다 지우기를
반복했다.

"완벽한 문장이란 건 없어."

그녀는 아페쎄라는 철자 사이에 놓인 각진
마침표처럼 딱딱하고 무거운 문장을 뱉어냈다.
그 문장 앞에서 나는 아련한 소년의 기억과
다시 한번 마주했다.

　　어릴 적 그 짧고 가느다란 손으로 연습곡을

수없이 반복했을 때 그건 어떤 연주곡을 위한
과정일 뿐이라고만 생각했다. 하지만 쇼팽의
에튀드가 그 자체로 훌륭한 연주곡이듯이 우리가
살아가는 삶의 궤적 자체가 아름다운 선율이
될 수 있음을 소년은 뒤늦게야 조금씩 깨달았다.

　　이제 나는 그녀와 함께 있을 때 마음이
빈틈없이 가득 차는 것 같으면서도 강한 불안에
휩싸였다. 그건 언젠가 이 꿈같은 시간들이
끝나버릴 것에 대한 불안함이었다. 그대로 곁에
있어준다는 것, 그것 자체가 얼마나 어렵고
위대한 일인지 그 어느 때보다 실감하고 있었다.

밤의 오르가니스트

해 질 녘 그녀의 집을 찾아갔다. 아무도 없는
입구에 들어서자마자 건축가 이타미 준의 ‹먹의
공간›이 떠올랐다. 벼루처럼 단단하고 군더더기
없는 집에서 묵향이 났다. 바다와 하늘의 경계가
흐릿했던 먹빛의 기억을 아직 머금고 있던 나는
조금 혼란스러웠다.

　검은색 피아노와 옆에 놓인 매우 소박하고
낡은 자작나무 책장에 눈길이 갔다. 책장에는
주로 악보집이 꽂혀 있었는데 바흐와 드뷔시처럼
함께 있을 수 없는 음악가들이 서로 몸을 기대어
나란히 포개어 있었다.

　나는 어릴 적 그렇게 동경했던 것들 하지만

결코 연주할 수 없던 것들을 어루만졌다. 내
손끝은 마치 촉수처럼 유년의 기억을 스치고
있었다. 어둠의 시간 속에서 어떤 멜로디가
메아리쳤다. 환청이라고 생각했던 선율이 실제
그녀의 손끝에서 흘러나오고 있었다.

"〈마르첼로〉……."

아주 익숙한 템포로 물방울처럼 뚝뚝 떨어져 낮게
흐르는 음. 그 위로 정확히 단 3도 간격의 소리가
쌓였다. 이내 파문처럼 일어난 감화음이 귓가로
흘러들어 내 마음속에 번졌다.

　　그때까지만 해도 나는 아름다움이 시각 영역에
국한되어 있다고 생각했다. 피아노를 끝내 그만둔
이후 무의식적으로 귀를 막고 눈앞에 보이는 것에만
의존해왔다. 그녀는 순수한 음악이 선사하는
아름다움을 넘어 미의 공감각을 온몸으로

느끼게 해주었고, 그동안 나를 스쳐 간 소리 없는
풍경들에 전율 같은 생동감을 부여했다.

그 곡은 우리가 처음 만난 날, 그녀가 야간열차
안에서 미니 오르간으로 연주한 곡이었다. 우리의
시간이 하나의 음악이라면 이 순간이 마치 처음과
끝을 반복하는 아리아 같았다.

그날 그녀는 기차에서 내리자마자 바다로
달려갔다. 잿빛 바다와 검붉은 하늘은 경계가
모호했지만, 결코 서로를 껴안지는 못했다.
마치 여름과 겨울처럼 만날 수 없는 두 계절이
대치하고 있는 듯했다. 그녀는 몸을 침범하는
바닷물에도 아랑곳하지 않고 그대로 자리에
누웠다. 나는 깊고 넓은 바다를 도무지 감당할 수
없어 차마 그녀 곁에 내 몸을 누일 수 없었다.

어느새 바흐의 마르첼로가 물러난 침묵 속에
드뷔시가 달빛처럼 흘러나왔다. 밤의 풍경이
인상주의 회화처럼 눈앞에 드리워졌다. 이제

시각과 청각의 구분마저 사라지는 듯했다. 기억이
전이되어 지금과 그때, 그때와 지금을 구분할 수
없는 상태에 이르렀다.

　나는 여전히 몸을 내맡길 용기가 나지 않았다.
피아노 위에 떠 있는 바겐펠트 테이블 램프에서
반달처럼 빛이 새어 나왔다. 나는 경계 없는
육체의 풍경을 상상했다. 은은한 달빛은 피아노
건반처럼 하얗고 까만 두 개의 몸에 도달했다.
마치 나란히 놓인 두 건반이 부딪쳐 불협화음이
일어나듯이 두 개의 몸은 밀착하면서도
서로를 배반했다.

　새하얀 그녀와 반음 간격의 흑건처럼 유난히
까만 내 몸으로부터 나는 도망치고 싶었다.
완전히 발가벗겨진 내가 수치스러워서 아니
어쩌면 어두운 내 영혼의 살갗이 부끄러워서.
그녀가 인도하는 세계에 가까워질수록 자꾸만
내 마음의 가장자리를 목격해야만 했다.

비동기

그녀를 마지막으로 본 건 우리가 자주 찾던
카페에서였다. 나는 이제 그녀의 얼굴을
제대로 응시하지 못했다.

여름도 겨울도 아닌 그러니까 차갑다거나
따뜻하다고 하기에는 감정이 너무 미지근해진
계절이었다. 우리는 기계처럼 늘 가던 카페에
갔다. 고민할 것 없이 제철 과일 주스를
주문하고서는 모퉁이에 마지막 남은 검고 둥근
테이블에 자리를 잡았다.

좀처럼 대화를 해보려 해도 애매모호한 감정은
차마 단어를 이루지 못했다. 그녀의 마드라스 셔츠
포켓에 담긴 한 줌의 햇빛에 시선을 고정시켰다.

시큼한 복숭아 과즙마저도 밍밍할 만큼 무감각한
내 혀끝에서 문장이 부서졌다. 철자들이 미끄러져
음료와 함께 목구멍으로 빨려 들어갔다.

　잠시 고개를 들었을 때 메이플소프의
작품이라던 이사벨라 로셀리니의 초상이 여전히
벽면에 걸려 있었다. 그 여배우는 무엇을 응시하는
것일까. 모든 것이 변해도 변하지 않을, 마치
흑백사진 속에 박제된 것 같은 그녀의 시선이
조금은 서늘하기까지 했다.

　우리는 카페에서 나와 작은 지류처럼 뻗은
골목길을 아무 말 없이 걷기만 했다. 박물관
뒤뜰을 지키고 있는 고목나무 아래 벤치에 나란히
앉았다. 고도가 낮아진 햇빛이 박물관 대리석을
핥았다. 그건 아주 잠시 머무르는 영원의
무늬이자 우리가 스친 삶의 허무한 흔적과도
같았다. 그 순간 그녀가 내게 한숨처럼 토해내는
문장을 나는 그저 듣고만 있었다.

"우리는 각자 여름과 겨울 같아서
절대 포개어질 수 없을 거야."

그것이 그녀의 마지막 문장이었다. 이제 가을
바람은 제법 쌀쌀해졌고, 마냥 웃어넘겼던 주문
같은 것이 거스를 수 없는 현실이 되어가는
듯했다. 나는 아직 여름의 끝자락을 부여잡고
있을 때 그녀는 이미 차가운 겨울을 살고 있었다.

　　우리의 처음을 떠올렸다. 선블록조차 바르지
못하고 그녀를 만났던 날. 불현듯 민낯으로
마주한 신비로운 세계를 겪으며 나는 어느새
화장하듯 감정을 덧칠하고 있었다. 어느 하나
특별할 것 없는 내가 그녀에게 할 수 있는 것이란
단지 시시콜콜한 이야기를 나누는 것이었다.
그렇게 서로를 동기화하며 하나라는 믿음을
쥐어주고 싶었다.

　　말하자면 나는 사랑이라는 것이 서로에게

완벽한 존재는 될 수 없을지언정 서로의 마음이 항상 연결되어 있다는 느낌을 공유하는 일이라고 생각했다. 그러나 이제 모든 걸 끊어버려야 할지도 모르겠다는 생각이 들었다. 그것은 내가 어떻게든 피하고 싶던 일, 곧 내 마음과 유일하게 연결된 사람과의 비동기를 의미했다.

그녀와 연락이 끊기고 나서 다시 백화점을 찾아갔을 때 그곳은 그전까지와는 완전히 다른 새로운 세계처럼 느껴졌다. 이제 그 매장에 그녀는 없었다. 잠깐 대화를 나눈 다른 직원은 그녀에 대해 어떠한 것도 말하기를 꺼리는 것 같았다.

먼발치 에스컬레이터를 타고 내려오는 그가 보였다. 역시나 회색빛의 완벽한 정장 차림이었다. 다행히 시선은 마주치지 않았다. 빈틈 하나 없이 매력적인 그를 보며 나는 결코 도달할 수 없었던 그녀의 깊숙한 세계를 그가 경험했을지 모른다고

상상했다. 이내 영문도 모르게 묘한 감정이
복받쳤다. 어릴 적 내가 들어가지 말아야 할 방,
마치 소년이 들어갈 수 없던 피아노 방을 엿보려
할 때의 욕망이자 열등감 같기도 했다.

　우리는 정말로 다른 계절을 살고 있을까.
영원히 그녀를 만날 수 없다는 확신이 들 때
나는 오히려 마음이 편해지기까지 했다.
그리고 내 마음 어딘가에서 움직임이 느껴졌다.

코다

오늘도 어김없이 나만의 루틴을 지키고 잘 개켜
둔 오라리의 풀오버를 꺼내 입은 뒤 서둘러
새벽의 역사로 향했다. 마지막 열차는 첫차로
바뀌었고 이곳으로 오는 동안 스쳐 지나가던
바깥 풍경은 마치 시간을 거슬러 그때로
돌아가는 듯했다.

　바다로 떠나기 전 나는 회사를 그만두리라고
결심하고 사수에게 처음으로 퇴사 이야기를
꺼냈다. 그간 사수와는 업무 용건 이외에 사적인
이야기는 나누지 않았던 터라 매우 당황하는
기색이었다. 승진을 앞둔 사수의 유독 진한
눈썹에는 끈질긴 욕심이 달라붙어 있었다.

다가올 명절 상여금을 비롯해 온갖 회유의 말을
쏟아냈지만, 나에게는 전부 소용없었다.

그녀와 함께 바다로 향하는 열차를 탔을
때부터 내 마음은 이미 다른 세계로 건너갔을지
모른다. 아주 약간의 용기와 우연으로. 하지만
지금 가장 중요한 것은 이제 내 강한 의지로
그곳에 이른다는 것이다.

달 세뇨 알 코다

나는 지금 기억이 쓸고 간 바다 앞에 홀로 서
있다. 마치 휘어진 시간의 마디를 뛰어넘어 버린
것만 같다. 손가락조차 닿지 않는 어느 음표 위를
표류하다 블랙홀 같은 코다 지점으로 수렴해
버리는 순간 말이다.

이제 태양이 어둠을 몰아내고 우리가 밤에
보았던 바다의 풍경은 낮의 환희로 전이되었다.

쪽빛을 띤 물비늘이 영롱하게 반짝였다.

지금 내 옆에 그녀는 없지만, 그녀가 동경하던 아페쎄의 인디고블루처럼 깊고 푸른 바다를 볼 수 있다. 그녀는 정말 프랑스로 떠난 걸까. 내가 떠오르는 태양을 보고 있을 때 그녀는 지구 반대편에서 석양을 보고 있을지도 모른다. 나와 함께 있을 때보다 훨씬 행복한 표정으로.

그녀와 보냈던 시간의 두께가 결코 두껍다고는 말할 수 없겠지만 어느 지층보다도 단단히 내 마음속에 자리 잡고 있다. 그 기억이 무거운 피아노 덮개를 다시 열어볼 용기를 내게 했다.

떨리는 손으로 건반을 짚는다. 건반을 깊이 누를 때마다 피아노 해머는 조율되지 않은 불안한 현을 하나씩 때렸다. 내 마음 내부 어딘가가 하나씩 무너져내렸다. 누군가에게는 완전히 지워져 숨조차 쉴 수 없는 그 진공의 기억 속에서 소년의 마음을 마지막으로 들여다본다.

소년은 피아노를 치며 자신의 내부와 외부 사이에
얇은 막을 두고 살았다. 자신의 속내가 비치는
걸 극도로 두려워했기 때문일 것이다. 세상에
휩쓸려, 하지만 어떤 규범에서도 이탈하지 않으며
삶을 달려온 소년의 기억은 희미할지언정
결코 지워지지 않았다.

　왜 소년은 자신이 원하는 것을 고백해내지
못했을까. 나는 소년을 추궁하는 대신 끌어안기로
했다. 소년이 진짜로 좋아했던 것을 그리고
그것에 주저함 없이 빠져드는 것을 상상한다. 마치
글렌 굴드가 바흐를 아낌없이 사랑했던 것처럼.
이제 나는 불안에서 벗어나려는 마음이 아니라
내가 원하는 것을 위해 살아갈 것이다. 내가
진정 사랑하는 것을 위해서. 그래서 나는 오늘도
불완전한 문장을 기보하고 삶을 연주한다.

라이너 노트

가을의 캠퍼스에서 미학 강의를 듣던 어떤
날이었습니다. 수업에 그리 착실한 타입은 아니었지만
유독 그날의 질문 하나가 아직도 마음에 남아 있습니다.

음악은 어디에 있을까.

회화나 조각과는 달리 음악은 특정 장소에 있다고
규정하기 어려울 것입니다. 가령 평균율은 바흐의
자필 악보에도, 지금의 콘서트홀에 있다고도 말하기
힘들 테니까요. 아마도 그날 강의의 요점은 음악의
존재론에 관한 물음이었던 것 같습니다. 하지만 저는
답을 구하기는커녕 그저 음악가들을 부러워했습니다.
머릿속에 떠오르는 악상을 그리거나 귓가에 들려오는
음악을 자유롭게 채보하는 예술가들을요. 저에게
그들은 보이지 않는 아름다운 세계를 볼 수 있는
능력을 지닌 것만 같았습니다.

이 책 『마음의 평균율』의 제목과 형식은 바흐의 《평균율
클라비어 곡집》에서 영감을 받았습니다. 이 곡집의
특이한 점은 다장조에서 반음씩 올라가 이르게 되는
나단조까지 스물네 개의 모든 조성이 프렐류드와
푸가로 구성되어 있다는 점입니다. 여기에 착안해
저는 마음의 잔상들을 활자로 환원하기 시작했습니다.
희미한 기억의 단서들은 프렐류드라는 물음이 되었고
저는 그것을 변주한 단상인 푸가로 답했습니다.
이 문답에 맺힌 감정의 흐름을 열두 조성의 절미한
오르내림을 따라 배치했습니다.

그렇게 1부 「마음의 평균율」을 기보하고 나서야 비로소 기억의 균열에서 하나의 멜로디가 새어 나왔고, 부족한 상상력으로 이음새를 매워 2부 「골드베르크 변주곡」의 이야기를 엮었습니다. 연습곡이었던 《평균율 클라비어 곡집》을 기반으로 〈골드베르크 변주곡〉이라는 연주곡이 쓰인 것처럼요. 저는 이 책을 바흐의 음악을 들으며 썼습니다. 그래서 독자가 이 책을 음악과 함께하길 혹은 이 책이 독자에게 음악처럼 전해지기를 바랍니다.

어쩌면 마음은 음악을 닮았습니다. 사랑을 하면서 음악만큼이나 보이지 않던 것이 상대방의 마음이었습니다. 그때 저는 선명한 사랑을 하지 못했고 눈먼 저의 어리석은 말과 행동으로 이별을 맞닥뜨렸습니다. 그리고 다니던 회사를 떠나게 되면서 마음의 불안은 걷잡을 수 없이 커졌습니다. 어디론가 떠나버릴 힘조차 남지 있지 않았을 때 제가 할 수 있는 일은 오직 글을 쓰는 것이었습니다.

상실 후에 밀려온 불안한 마음으로 불완전한 문장을
기록하는 일이 도리어 마음의 평균율을 찾아가는
길이었습니다. 메마른 강물에 더 많은 것이 드러나듯이
저는 오히려 과거에 보지 못했던 것, 느끼지 못했던
것에 도달할 수 있었습니다. 그 마음의 선율만으로도
우리는 어떠한 곳에 가닿을 수 있다고 믿습니다.

제가 『마음의 평균율』을 쓰면서 마음의 평균을 찾아갔듯이, 이 책을 읽는 독자들도 어쩌면 누구나 겪지만, 모두가 다른 크기를 지녔을 불안을 거두어 마음의 평균선을 찾기를 바랍니다. 그리고 이미 쓰인 삶에 기대지 않고 기어이 미래를 선명하게 연주할 수 있게 되는 데 작은 도움이 되었으면 합니다.

특별부록

반도체 투자
반등 유망 종목
TOP 10

이형수 지음

헤리티지북스

• 일러두기

특별부록의 내용은 2022년 11월에 업데이트된 데이터를 기반으로 작성됐습니다.

CONTENTS

치솟는 환율, 외환위기 이후 처음 추락하는 수출, 폭락하는 자산 시장…. 우리는 지금 뉴스를 틀기 두려운 시절을 지나고 있습니다. TV 속 아나운서가 전하는 말 한마디 한마디가 가슴 속에 깊이 꽂히죠. '폭락장에서 텐배거(10 bagger)를 찾자'라는 생각이 모두의 머릿속에서 희미하게 사라져가면서, "어려운 시절일수록 더 열심히 테크 공부를 해야 한다"라는 제 말은 이제 공감을 얻기 어려워졌습니다. 하지만 저는 여전히 이 말을 강조하고 싶습니다. 자산 시장의 상승과 하락은 항상 순환되듯 위기 후에는 반드시 기회가 찾아옵니다. 그러므로 위기 이후 세상에서 장미꽃을 피울 종목과 섹터를 찾기 위해 오늘도 물구나무를 서서 세상을 바라볼 필요가 있습니다. 여러분도 금융 위기 당시 이미 한 차례 경험해봤으리라 생각합니다. 남들과 같은 시각과 행동으로는 절대 돈을 벌 수 없다는 사실을 말입니다.

반도체 경기가 사상 최악이라고 하지만, 현재 대만 TSMC는 절대 '갑'인 애플로부터 파운드리 가격을 인상할 정도로 호황을 이어가고 있습니다. 바이든 대통령이 해외 첫 순방지로 한국을 낙점하고, 주한 미군 부대보다 삼성전자 3나노 팹을 먼저 방문한 이유가 무엇이던가요? 이는 향후 경쟁 구도에서 반도체가 얼마나 중요한 역할을 하고 있는지를 보여주는 상징적 사건이라 할 수 있습니다. 데이터는 2세기 원유라 불릴 만큼 중요해졌고, 이를 처리하고 저장할 반도체 역시 중요해지는 것은 더 말할 것도 없겠죠. AI 반도체 기술은 앞으로 군사력 못지않게 중요해질 것이며, 더욱 주목받고 성장할 겁니다.

　이 특별부록에는 본 책에서 지면상 다루지 못한 유망 종목 정보만을 담았습니다. 실적 대비 밸류에이션 저평가, 향후 기술 성장성, 시장 트렌트로 주목받을 가능성 등을 고려해 앞으로 반등 시나리오를 그려줄 반도체 투자 종목 TOP 10을 선정했습니다. 후공정 생태계, 소재, 부품, 장비 시장뿐만 아니라 우리나라가 향후 신성장 동력으로 삼을 파운드리 시장, 삼성전자가 파운드리 시장에서 두각을 나타내면 낙수효과를 누릴 수 있는 칩리스, 향후 부상할 '어드밴스드 패키지' 시장 분석도 놓치지 않았습니다. 어려운 시장 속에서 반대로 성장하는 영역이 있습니다. 바로 화합물 반도체입니다. 전기차, 저궤도 위성 등 기술 발달로 GaN, SiC 반도체가 매년 100%에 가까운 수요 증가가 이어지는 가운데, 이 분야에서 두각을 나타낼 기업까지 모두 알아보겠습니다.

다만 한 가지 당부드리고 싶습니다. 이 책을 단순히 '매수 추천'을 위한 종목 소개 목적이 아니라, 'IT의 신 이형수'가 종목을 고르는 기준과 기업에 대해 어떤 부분을 정리하고 고민하는지를 밝히는 실제 투자 노트로 참고해주시면 좋겠습니다. 제도권에서 기업 분석 보고서를 올릴 때와 같이 저 역시 독자 분들에게 보고하는 마음으로 리포트 형식으로 정리했습니다. 기억은 짧고 기록은 깁니다. 기록은 투자 고민의 시작입니다. 여러분의 평생 투자에 이 책이 작은 밑거름이 됐으면 하는 바람입니다.

한미반도체

시가 총액: 1.22조 원

매출 안내

2022년 분기별 매출 및 영업이익

	1분기	2분기	3분기	4분기(전망)
매출	632억 원	1,232억 원	803억 원	800억 원
영업이익	213억 원	439억 원	322억 원	300억 원

2020~2022년 매출 및 영업이익

	2020년	2021년	2022년(전망)
매출	2,557억 원	3,732억 원	3,400억 원
영업이익	664억 원	1,224억 원	1,230억 원

2021~2022년 사업별 매출

	2021년	2022년(전망)
VP&MSVP	2,070억 원	2,000억 원
EMI	330억 원	70억 원
카메라모듈	360억 원	500억 원
스페어, 키트	380억 원	480억 원
본딩, 스트립 그라인더 등	280억 원	350억 원

투자 인사이트

2022년 3분기 실적

- 글로벌 경기 악화로 매출 컨센서스 대비 24% 하락.

- SK하이닉스향 TC 본더 3대 수주, 77억 원 주목.

- 영업이익률 40% 돌파 주목.

- 앰코테크놀로지 베트남 신공장 2023년 1분기 장비 발주, 3분기 가동 예정.

- 웨이퍼 쏘 2023년 2분기 매출 발생 예상.

투자 아이디어

- 어드밴스드 패키지 시장 확대로 국내 최대 수혜 기업.

- 마이크로 쏘 내재화로 MSVP 캐시카우 사업 안정적. 30% 중후반대 높은 마진율.

- HBM 등 수요 확대로 TC 본딩 장비 신규 매출 증가.

- 엔비디아 AI 반도체 수혜.

- 웨이퍼 쏘 국산화 기대감.

- 자사주 소각 등 주주환원 정책 적극적.

주목 포인트

반도체 후공정 장비 업체

- 반도체 패키지 절단부터 이동, 세척, 건조, 검사까지 하는 비전플레이스먼트(VP) 장비 세계 1위 업체. 2021년 VP 원가의 40%를 차지하는 마이크로 쏘를 국산화해 일본 의존도를 벗어남.
- EMI 차폐 장비, HBM 본딩 장비, 메타 그라인더, 카메라 모듈 검사 장비 등도 공급하고 있음.
- 신규 장비는 웨이퍼 커팅 2024년 출시 목표. 4~6인치 웨이퍼 커팅 연구개발 중. SiC, GaN 등 3세대 반도체용으로 추정됨.
- 일본 디스코사 80% 이상 점유.
- 기존 패키징 절단 기술이 있어 시장 진입 가능성 충분. 해당 기술이 조금 모자르더라도 핸들러 기술로 커버할 수 있음.

본딩 장비

- 2021년 매출 기준으로 2~3%에 불과. 2022년부터 매출 비중 꽤 늘어나고 있음.

- 네덜란드 베시 선점. 0.5마이크로미터까지 제어. 한미반도체는 1마이크로미터까지 가능. 현재 상용화 제품은 5마이크로미터.

- 하이브리드 본딩. 베시와 미국 어플라이드머티리얼즈 공동 개발. 베시에 주도권 있음. 케미칼은 어플라이드머티리얼즈가 담당.

- 중국향 본딩 장비 발주 잇따르고 있음. 2마이크로미터 수준의 오차 스펙. 물량이 워낙 많아 매출 성장 및 수익성에 기여 높을 것.

메타 그라인더

- 기판 두께를 줄이기 위해 갈아내는 장비. SiP로 인해 기판 크기 커지고 솔더볼 다수 장착됨.

- 기존에도 장비가 있지만, 고부가 패키징 쪽에 집중.

- 더블 사이드 몰드(DSM) BGA에 가공에 쓰임. 이라이콤 자회사 서우테크 80% 담당. 시스템 반도체향. 2023년

에 시장 규모가 커질 것으로 예상.

마이크로 쏘

- VP 마이크로 쏘 내재화 성공. 장비 납기는 짧아지고 VP 시장 자체는 커지는 효과. 이익률도 굉장히 좋아짐.
- 현금 흐름이 좋아지면 신규 장비에 투자할 가능성이 더욱 높아지는 선순환 고리.
- 3공장 증설되면서 연간 6,000억 원 규모 매출을 달성할 수 있게 됨.
- FC-BGA 커팅용 MSVP 수요 증가.
- 패키지용 VP 대비 절반 이하 가격으로 싼 편. 시장이 급성장하고 있음.

이오테크닉스

시가 총액: 8,500억 원

매출 안내

2022년 분기별 매출 및 영업이익

	1분기	2분기	3분기	4분기(전망)
매출	1,039억 원	1,222억 원	1,158억 원	1,080억 원
영업이익	225억 원	310억 원	235억 원	230억 원

2020~2022년 매출 및 영업이익

	2020년	2021년	2022년(전망)
매출	3,250억 원	3,908억 원	4,500억 원
영업이익	380억 원	781억 원	1,000억 원

2021~2022년 사업별 매출

	2021년	2022년(전망)
반도체	2,240억 원	2,360억 원
디스플레이	490억 원	500억 원
PCB	500억 원	800억 원
Non IT	220억 원	220억 원
서비스/소모품	545억 원	660억 원

투자 인사이트

⌐ **2022년 3분기 실적**
- 글로벌 경기 둔화로 반도체 경기 영향. OSAT 수주 둔화로 3분기 실적 타격.
- FC-BGA 증설로 미세 드릴 수요 견조.
- 4분기 스텔스 다이싱, 그루빙 장비 국산화 효과 기대.

⌐ **투자 아이디어**
- 어드밴스드 패키지 시장 성장 수혜.
- 레이저 마커 사업 캐시카우 안정적.
- 레이저 소스 내재화 등 회사 가치 재평가 가능.
- FC-BGA 시장 성장으로 미세 드릴 수요 증가.
- 스텔스 다이싱, 그루빙 등 신규 사업 본격화.

⌐ 레이저 마커 장비

- 연간 800억 원 정도 하던 사업이 2021년부터 연간 1,500~1,600억 원 정도로 2배 가까이 성장.

- 중국, 대만 OSAT 업체들을 고객사로 두고 있음. 중국, 대만 후공정 업체들의 투자가 확대됐을 뿐 아니라 칩렛 등 어드밴스드 패키지 수혜로 마커 장비 사용량 증가.

- 멀티 다이(die) 패키징에는 레이저 마킹 공정이 여러 번으로 증가.

- 해당 사업 이익률이 2021년부터 10% 중후반대에서 20% 중후반대로 올라옴. 대만 후공정 업체의 주문 증가로 고정비 절감.

- 레이저 마킹 장비에 필수적인 소스(광원)와 제어 기술이 내재화돼 있음. 장비가 더 많이 출하될수록 마진 개선 효과.

⌐ 웨이퍼 어닐링 장비

- 어닐링 장비는 웨이퍼 열처리를 하는 담금질 공정. 불순

물 주입, 이온-임플란테이션은 웨이퍼 안팎으로 상처를 내는 공정. 물리적 행위를 진행한 후에는 상처가 아물도록 화학적 변화를 주는 공정용 장비.

- 2020년 하반기에 최초로 양산 공급. 삼성전자 D램 라인에 적용.

- 삼성전자 1z D램 공정 게이트 전극에 제한적으로 적용. 1a 이하 미세공정에서는 더 많은 수요 기대됨. 향후 어닐링 공정의 적용 범위가 비메모리 EUV등으로 확대될 경우 동사의 레이저 어닐링 사업에 대한 근본적인 재평가 가능.

그루빙, 다이싱 장비, 스텔스 다이싱 장비

- 그루빙은 웨이퍼에 홈을 내는 레이저 장비. 메탈 라인은 마이크로 쏘로 절단할 경우 회로가 밀릴 가능성. 구리 회로만 레이저로 절단하는 장비.

- 2021년 9월 일본 디스코의 특허 만료. 국내 메모리업체 향 진입 기대.

⌐ 레이저 풀다이싱(풀컷) 장비

- 50마이크로미터 이하의 웨이퍼 두께에 대응하기 위한 커팅 방식.
- 미국 마이크론, TSMC 등 글로벌 업체와 테스트 진행 중.
- 웨이퍼가 얇아질수록 저항은 낮아지고 전류 전송 능력은 향상됨. 전력 소비량도 최소화. 레이저 풀컷 수요 증가 기대.

⌐ PCB 드릴러 부문

- 레이저 드릴링 방법은 크게 2가지로, CO2와 UV 방식이 있음. CO2는 레이저 파장대가 길어 구멍이 큰 편. 40~50마이크론 수준. 어드밴스드 패키지에는 25마이크론 수준의 UV 방식이 유리.
- FC-BGA 투자 발생시 20~25%가량이 레이저 드릴 비중. UV 드릴 수요 점점 올라가는 추세.
- PCB향 시장 규모는 1조 원대로 크지만 경쟁사가 많음. 다만 기술 경쟁력 우위 확보 및 유지할 경우 시장 파이(잠재력) 또한 크기 때문에 동사 이익에 보탬이 될 듯함.

03

원익QnC

시가 총액: 6,800억 원

매출 안내

2022년 분기별 매출 및 영업이익

	1분기	2분기	3분기	4분기(전망)
매출	1,817억 원	1,922억 원	1,900억 원	1,770억 원
영업이익	340억 원	359억 원	340억 원	200억 원

2020년~2022년 매출 및 영업이익

	2020년	2021년	2022년(전망)
매출	5,256억 원	6,241억 원	7,400억 원
영업이익	412억 원	868억 원	1,200억 원

2021~2022년 사업별 매출

	2021년	2022년(전망)
쿼츠	2,710억 원	3,380억 원
세정	740억 원	970억 원
세라믹	250억 원	260억 원
램프	28억 원	20억 원
모멘티브	2,510억 원	2,850억 원 (3,300억 원으로 상향 가능성)

투자 인사이트

⌐ **2022년 3분기 실적**

- 반도체 업황 우려에도 실적 서프라이즈 지속. 고객사 수요 확대와 자회사 MOMQ의 실적 성장 덕분.

⌐ **투자 아이디어**

- 쿼츠 사업의 안정적 성장과 수익성이라는 두 마리 토끼를 모두 잡음.
- 미니 LED용 쿼츠웨이퍼 등 신규 사업 효과 본격화.
- 시스템반도체 매출 비중 확대. 2022년 15% 비중.
- 미국 반도체 굴기 수혜. 특히 자회사 MOMQ.

세계 반도체 쿼츠 점유율 1위 기업

- 웨이퍼의 보호 및 이송 용구로 사용되는 소모성 부품인 쿼츠웨어, 디스플레이 패널 지지 및 고정용 부품인 세라믹 웨어를 공급하는 회사.

- 반도체 부품용 소재는 쿼츠, 실리콘카바이드(SiC), 알루미나(AL2O3), 질화알루미늄(AIN), 그라파이트 등 세라믹 재료가 사용됨. 쿼츠는 반도체뿐 아니라 태양광, LED, OLED 등으로 확대되고 있음.

- 석영 유리를 성형해 쿼츠웨어를 만듦. 실리콘으로 만들어진 반도체 웨이퍼와 화학적 성질이 가장 유사한 덕분에 공정에서 가장 많이 쓰임.

- 웨이퍼를 충격 및 불순물로부터 보호하거나 담는 용기 역할. 화학 반응에 노출돼 2~3개월마다 교체해줘야 함.

- 쿼츠웨어 제조 공정은 기계 가공, 표면 가공, 세정, 용접 조립, 검사 공정 등으로 진행됨. 다이아몬드 공구와 CNC 공장 기계로 디자인.

- 2021년 석영, 세라믹, 실리콘 등 첨단소재 공급 기업 미국 모멘티브의 쿼츠 사업부 인수. 인수하기 위해 합작법인 MOMQ 홀딩스 설립. 수직계열화.

쿼츠 사업부

- 텔, 램리서치 등 메인 장비에 쿼츠 공급. 쿼츠 사업 영업이익률 20%대로 레벨 업.
- 종합반도체 회사나 장비사에 납품. 장비사에 공급되는 쿼츠웨어 수익성이 좋음. 3D낸드, 파운드리 투자 증가로 수혜 집중.
- 램리서치 내 점유율이 10%에서 30%로 증가. 경쟁사 일본 토소.
- 장비사향 쿼츠 매출 비중은 2021년 49%에서 2022년 상반기 54%로 증가. 영업이익률이 13%에서 20%를 넘어섬.
- 램리서치 에칭 장비가 TSMC, 삼성전자 파운드리 등에 납품되면서 수혜.

⌐ 세정 사업부

- 국내 본사와 나노윈, 원익서안(중국 시안)으로 구분.
- 2018년 코팅 사업 강화를 위해 나노윈 인수. 기존에는 AD(에어로졸 디포지션) 방식을 사용했으나 현재는 ASP(아토믹 플라즈마), CVD 같은 하이엔드 코팅으로 확장. 고객사 승인 진행 중.
- 미니 LED용 쿼츠웨이퍼 세정 및 증착기 디퓨저 헤드 코팅 사업 본격화. 2022년부터 삼성전자에서 미니 LED TV 200~300만 대 출하할 계획. 증착기 디퓨저 헤드 코팅 교체 주기를 늘려 반도체 원가 절감에 중요한 포인트.

⌐ 반도체 공정 소모 부품

- CVD, ALD, 스퍼터, 드라이 에처 등 건식 장비는 고온·고압 환경에서 진행돼 챔버 내 부품들이 견딜 수 있는 물리적 한계 존재. 이에 따라 공정 소모성 부품은 내구성이 뛰어난 금속이나 세라믹으로 만듦. 짧게는 1개월, 길게는 6개월 교체 주기.
- 지속적인 교체 수요 덕분에 전방 산업 업황 영향으로 실적 변동성 크지 않음.

- 수익성 우수. 진입장벽도 높음.
- 세정, 코팅 등 부품 재생과 관련된 사업으로 확장 용이. 종합반도체 업체들도 외주화하는 추세.

04

해성디에스

시가 총액: 6,800억 원

매출 안내

2022년 분기별 매출 및 영업이익

	1분기	2분기	3분기	4분기(전망)
매출	1,996억 원	2,162억 원	2,243억 원	2,200억 원
영업이익	483억 원	541억 원	574억 원	530억 원

2020~2022년 매출 및 영업이익

	2020년	2021년	2022년(전망)
매출	4,590억 원	6,554억 원	8,600억 원
영업이익	440억 원	863억 원	2,100억 원

2021~2022년 사업별 매출

	2021년	2022년(전망)
리드프레임	4,450억 원	5,500억 원
패키지 서브스트레이트	2,100억 원	3,000억 원

투자 인사이트

⌐ **2022년 3분기 실적**

- 2021년 이후 계단식 성장 지속.
- 전방 수요 확대로 높은 가동률. 환율 효과 추가.
- 견조한 실적에도 IT 수요 둔화에 대한 우려로 인해 주가는 부진.
- 4분기 증설 효과 본격화. 2023년부터 순차적으로 설비 가동 확대.

⌐ **투자 아이디어**

- 차량용 반도체 리드 프레임 사업 경쟁력 강화.
- 반도체 기판 사업 성장.
- 차량용 반도체 업체와 장기 공급 계약으로 실적 안정성 확보.

리드 프레임 사업

- 차량용 반도체 글로벌사 TOP 5 중 3개 고객사 확보. 주 고객사 인피니언, ST마이크로.
- 마이크로 PPF 도금 기술(리드 프레임). 세계 최초 초박막 도금 기술. 산화 방지, 칩 본딩 강화, 표면 보호. 패키지 조립시 주석 도금 필요 없음.
- 차량용 반도체 채택률 증가(보쉬).
- RoHS 친환경 기술.
- 구리 원가 가격 상승. 판가에 전이 가능 여부에 따라 3분기 실적 달라짐. 원가 비중 40~50% 수준이며, 이 중 절반 이상이 구리 원가.

반도체 기판 사업

- 세계 최초 릴 투 릴(Reel to Reel) 방식 생산. 경쟁사 대비 품질 및 원가 제조 경쟁력 확보. 박판 공정에 우위.
- 서버/PC향 BoC, Fc-FBGA, FBGA 등 메모리 반도체 기

판 생산.

- 최근 3년간 스마트폰, 그래픽 카드 부문 메모리 반도체 향 BGA 투자 확대.

- 반도체 기판을 제외한 일반 PCB 업종은 다루지 않음.

- 저가 전략으로 인해 DDR5 전환 직접적인 수혜는 어렵 지만 틈새 전략으로 효율적인 사업 전개. 차량뿐 아니라 IT용 리드프레임, 패키지 기판 매출 양호. 리드프레임 공 급 부족.

- 구리 가격 상승에 따른 판가 전가가 원활하게 이뤄짐. 가격 협상에 유리한 상황.

- 100% 가동 중이지만, 생산 효율화로 10% 정도 생산성 향상.

- 세계 최초 개발한 '초박막 팔라듐 도금 기술' 적용 리드 프레임 생산 중.

아비코전자

시가 총액: 1,550억 원

매출 안내

2022년 분기별 매출 및 영업이익

	1분기	2분기	3분기	4분기(전망)
매출	424억 원	456억 원	414억 원	400억 원
영업이익	32억 원	59억 원	31억 원	25억 원

2020~2022년 매출 및 영업이익

	2020년	2021년	2022년(전망)
매출	1,241억 원	1,476억 원	1,750억 원
영업이익	-19억 원	31억 원	140억 원

2021~2022년 사업별 매출

	2021년	2022년(전망)
메탈파워인덕터	250억 원	370억 원
저항기	272억 원	245억 원
시그널인덕터	117억 원	120억 원
파워인덕터	57억 원	60억 원
연결 자회사(아비코테크 등)	688억 원	1,010억 원

투자 인사이트

⌐ **2022년 3분기 실적**

- 전방 IT 수요 둔화로 메탈 파워인덕터와 시그널인덕터, 자회사 MLB 임가공에 부정적. IT 비중 46%.
- 3분기 아비코테크 영업이익 15억 원. 2021년 20억 원 적자.

⌐ **투자 아이디어**

- DDR5 2022년 기준 향후 4년간 실적 모멘텀.
- 모바일 고사양 메탈파워인덕터 매출 증가. 고객사 내 점유율 2배 이상 상승.
- 베트남 이전 본격화로 비용 절감.
- 자회사 아비코테크 패키징 사업 2022년 1분기 흑전.
- 자회사 MLB 사업 수익성 개선.

⌐ 자회사 아비코테크(기판)

- 2020년 영업이익 –75억 원, 2021년 –10억 원, 2022년 30억 원 흑전 전망. 그동안 회생 절차 때문에 현대모비스 입찰하지 못 했음. 회생이 마무리되고 매출이 나오는 해가 2022년임.
- 전기차용 기판 공급이 늘고 판가도 올라감. 전체 매출에서 자동차 전장 비중은 75% 수준.

⌐ DDR5, 메탈파워인덕터 신규 채택

- DDR5 마더보드와 메모리 모듈의 전력 관리 기술 변화. 스마트폰, SSD향 고객사 점유율도 상승 중.

06

피에스케이

시가 총액: 5,300억 원

매출 안내

2022년 분기별 매출 및 영업이익

	1분기	2분기	3분기	4분기(전망)
매출	940억 원	1,339억 원	1,421억 원	1,100억 원
영업이익	195억 원	270억 원	453억 원	180억 원

2020~2022년 매출 및 영업이익

	2020년	2021년	2022년(전망)
매출	2,657억 원	4,458억 원	4,900억 원
영업이익	317억 원	941억 원	1,100억 원

사업별 매출

- 2020년 기준 PR 스트립 50%, 드라이클리닝 10%, 뉴 하드마스크 6.7%, 부품 및 용역 33%.

투자 인사이트

⌐ 2022년 3분기 실적

- 데모 장비 선비용 인식 효과와 환율이 서프라이즈 원인.
- 2020년 4분기 120억 원 연구개발비. 베벨 에치, PR 스트립 장비 등. 비용이 선제적으로 인식.
- 양산으로 전환되면서 이번에 이익으로 반영.
- 3~4대 인식 예정 장비 남아 있음. 100억 원 규모 영업이익.
- 2023년 삼성전자와 해외 시스템반도체 고객사, 중화권 매출 견조 전망.
- 삼성전자 밸류 체인. 해외 시스템반도체 고객 수요. 베벨 에치 등 신규 장비.

⌐ 투자 아이디어

- PR 스트립 장비 세계 1위 기업 프리미엄.
- 공정 미세화로 뉴 하드마스크 스트립 장비 매출 확대.
- 드라이클리닝 장비 매출 확대. 베벨 에치 국산화 기대감.

주목 포인트

⌐ PR 스트립 장비 글로벌 1위

- 뉴 하드마스크 스트립 장비 매출이 본격화. 하드마스크 소재 변경에 따라 2023년부터 고객사 채택 증가 기대.

- 2022년 4월 인적 분할. 피에스케이는 전공정 사업(PR 스트립, 드라이클리닝 등) 장비, 피에스케이홀딩스는 후공정 (Descum, Reflow) 사업 담당.

- PR 스트립 장비 매출 60% 차지. 램리서치, 맷슨텍(중) 히타치 등과 경쟁.

⌐ PR 스트립 장비

- PR 스트립 장비 시장은 3,000억 원에서 4,500억 원 규모로 커질 것. 뉴 하드마스크 스트립 장비 덕분.

- 고객사인 마이크론의 요청으로 뉴 하드마스크 스트립 장비 플랫폼 변경 중. 기존 2개 웨이퍼 처리 성능에서 5개로 확대. 기존 장비 대비 1.5배 수준. 일반 스트립 장비 대비 4~5배 비싼 가격.

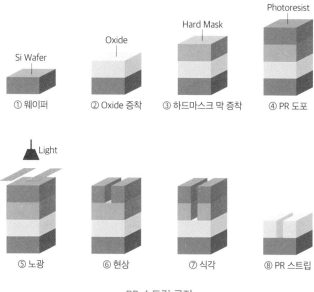

Si Wafer
① 웨이퍼

Oxide
② Oxide 증착

Hard Mask
③ 하드마스크 막 증착

Photoresist
④ PR 도포

Light
⑤ 노광

⑥ 현상

⑦ 식각

⑧ PR 스트립

PR 스트립 공정

- euv 같은 파장이 짧은 노광장비를 쓰면 낮아진 초점심도(Depth of Focus)를 보상하기 위해 PR 두께 박막을 얇게 해야 함. 문제는 두께가 얇아지면 식각 공정 때 PR이 남아나지 않음. 하드마스크(희생막) 공정이 도입된 이유.

- 하드마스크 막질이 ACL에서 더 단단한 소재로 변경되는 추세. 기존 PR 스트립 장비로는 PR과 하드마스크 막이 완전히 제거되지 않음.

- ACL에 붕소(B) 또는 텅스텐(W) 첨가 유력. 신제품 뉴 하드마스크 스트립은 피에스케이가 유일하게 성공. 현재 마이크론만 사용 중. 기존 PR 스트립 장비보다 3배 이상 비쌈. 낸드, D램, 비메모리 라인 순으로 확산될 전망.
- 2021년 초 마이크론 낸드 라인에 납품. 2022년 200억 원 매출 기대.

EUV용 PR

- CAR(Chemically Amplified Resist)과 non-CAR로 구분. CAR 은 기존에 표준으로 사용되던 아크릴레이트, 스티렌 등

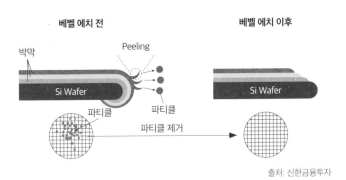

베벨 에치 공정

폴리머가 사용. non-CAR은 금속 산화물 사용. 단단하며 식각 선택비가 10배 이상 높음. 뉴 하드마스크 PR 스트립 장비 필요.

- 베벨 에치 장비 국산화 수계 기대.

드라이클리닝

- 반도체 세정은 산화, PR 스트립, CMP 공정 이후 남은 잔류물을 세척. 습식 90% 차지.
- 습식 세정은 과산화수소, 오존 등을 이용해 잔류물을 씻어냄. 건식 세정은 레이저, 자외선, 플라즈마 등 기체를

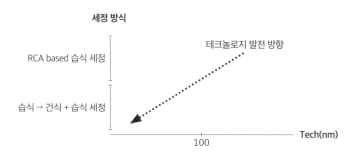

출처: SK하이닉스, 신영증권리서치센터
참고: 미세 측정이 가능한 원자현미경 제조

반도체 미세화로 건식 세정 시장 확대

사용해 미세화된 잔류물 세척.

- 반도체 공정이 미세화될수록 건식 세정 확대.

- 10나노대 D램 산화막 제거 라인에 쓰이는 드라이클리
닝 장비. 기존 습식 세정 장비 대체.

동진쎄미켐

시가 총액: 1.7조 원

매출 안내

2022년 분기별 매출 및 영업이익

	1분기	2분기	3분기	4분기(전망)
매출	3,481억 원	3,587억 원	3,771억 원	3,500억 원
영업이익	471억 원	487억 원	624억 원	500억 원

2020~2022년 매출 및 영업이익

	2020년	2021년	2022년(전망)
매출	9,378억 원	1.16조 원	1.4조 원
영업이익	1,263억 원	1,318억 원	2,100억 원

사업별 매출

- 국내 전자재료(PR, 박리액) 49%. 해외 전자재료(TFT LCD 화학제품 등) 37%. 발포제 5%. 기타(정제유, 상품 매출) 8%.

⌐ **2022년 3분기 실적**

- 단가 인상과 하이엔드 ArF 매출 비중 확대 효과.

⌐ **투자 아이디어**

- 일본 아베 신조 정부의 소부장(소재·부품·장비) 사태로 국산화 최대 수혜.

- KrF, ArF에 이어 EUV용 PR까지 진출.

- 2차전지 소재 신사업 본격화.

- 시장과 소통하지 않는 회사 IR 방침은 단점.

주목 포인트

사업 내용

- 발포제를 시작으로 반도체·디스플레이 전자재료 사업 진출.
- 1989년 PR 국산화. 국내 최초 세계 4번째 개발.
- 신너, CMP 슬러리, 반사방지막, 하드마스크, 프리커서 등 핵심 소재 제조 기술 보유.
- 3D 낸드 플래시용 krF 세계 1위 점유율.
- ArF, ArFi 등 국산화 성공.

EUV PR

- EUV PR 국산화 성공. 1개 레이어에 퀄을 받은 것으로 추정.
- 삼성전자 1a D램에 쓰이는 EUV 마스킹 중 1개에 적용 가능성. 라인 테스트를 마치고 상용화 준비 중인 것으로 파악.
- 일본 아베 신조 정부의 소부장 사태 이후 EUV PR 국산

화에 성공한 것은 매우 상징적인 사건.

2차전지 소재(실리콘 첨가제, CNT 도전재)

- 2차전지 실리콘 첨가제. 노스볼트 공급.
- 기존 2차전지 음극재는 흑연 소재가 주로 쓰임. 실리콘 첨가제를 적용하면 에너지 밀도를 높여 전기차 주행 거리를 늘릴 수 있음.
- 스웨덴 2차전지 셀 업체 노스볼트에 음극재용 실리콘 첨가제와 CNT 도전재를 공급할 계획.
- CNT 도전재는 기존 블랙 카본을 대체해 양극·음극 밀도를 높이는 데 효과적인 소재.

레이크머티리얼즈

시가 총액: 3,500억 원

매출 안내

2022년 분기별 매출 및 영업이익

	1분기	2분기	3분기	4분기(전망)
매출	288억 원	329억 원	323억 원	280억 원
영업이익	77억 원	94억 원	82억 원	80억 원

2020~2022년 매출 및 영업이익

	2020년	2021년	2022년(전망)
매출	465억 원	819억 원	1,200억 원
영업이익	47억 원	207억 원	330억 원

2021~2022년 사업별 매출

	2021년	2022년(전망)
반도체	450억 원	700억 원
LED	170억 원	200억 원
태양광	110억 원	150억 원
촉매	90억 원	140억 원

투자 인사이트

2022년 3분기 실적

- 반도체 소재 매출 꾸준한 상승.
- ESG 트렌드 강화로 TMA 소재 매출 증가. TMA(트리 메틸+알루미늄)는 태양광, 고효율 태양광(PERC)에 알루미늄 박막을 만들 때 뿐만 아니라 산업 전반에 쓰임.

투자 아이디어

- 반도체와 신재생 에너지 성장 수혜.
- ESG 트렌드 강화 수혜.
- 안정적인 실적 성장과 시장과 적극 소통하는 IR.

반도체, 촉매, 태양광, LED 순으로 성장

- 국내 유일 TMA 업체. TMA는 다양한 전구체 원재료 소재로 확장성이 좋지만 합성 난이도가 높아 세계적으로 4개 기업만 사업화.

- 김진동 대표는 2001년 디엔에프 공동 창업. 2010년 레이크LED 설립. LED 에피층 형성 전구체로 사업 시작, 반도체 태양전지 석유화학 등으로 사업 영역 확장.

- 핵심 경쟁력은 TMA 합성 기술에 있음. 유기금속 화합물 제조 업체로 스팩 합병으로 상장. 설계, 합성, 정제 등 일관 공정 구축.

- LED 전구체 주력 고객은 삼성LED, 에피스타.

- 반도체 전구체는 CVD/ALD 증착용 전구체를 생산. 회사 성장을 이끄는 요인. 2016년 2% 비중에서 2022년 현재 절반 넘어섬.

ㄱ 반도체 소재 사업

- 삼성전자에 실리콘 계열 프리커서, SK하이닉스에 하이-K 프리커서 공급 중.
- 하이-K 소재는 하프늄, 지르코늄 모두 공급 중.
- 직납 구조가 아닌 국내 소재 업체(SK트리켐, 메카로)를 통해 공급.
- SK하이닉스 2022년 연내 1a 공정 비중 25% 코멘트.

ㄱ LED 소재·촉매 사업 등 기타

- 촉매 사업 높은 성장률 기대.
- RE100, 신재생 에너지 투자 증가에 따른 태양광 촉매 매출 증가.
- 석유화학 촉매 시장 진입 수혜 기대. 최근 화학 업체들은 고부가 제품을 만들기 위해 메탈로센 촉매를 사용. 점유율 0.5% 불과.
- LED 사업은 미니LED 수요 확대 수혜. 그 외 마이크로 LED, QNED 등 다양한 모멘텀 보유. 에피성장에 필요한 소재.

하나머티리얼즈

시가 총액: 7,000억 원

매출 안내

2022년 분기별 매출 및 영업이익

	1분기	2분기	3분기	4분기(전망)
매출	804억 원	808억 원	710억 원	800억 원
영업이익	244억 원	248억 원	219억 원	210억 원

2020~2022년 매출 및 영업이익

	2020년	2021년	2022년(전망)
매출	1,550억 원	2,711억 원	3,400억 원
영업이익	823억 원	823억 원	1,000억 원

2021~2022년 사업별 매출

	2021년	2022년(전망)
링	1,263억 원	1,530억 원
일렉트로드	1,236억 원	1,615억 원
기타	211억 원	350억 원

투자 인사이트

⌐ **2022년 3분기 실적**

- 반도체 업황 둔화로 링 매출 감소. 3분기 일렉트로드 360억 원, 링 290억 원 추정.
- 4분기 반등 기대. SiC 매출 성장 지속, 신제품 하이브리드 링 판매 확대.
- 2023년 일렉트로드 매출 1,630억 원, 링 매출 1,300억 원 전망.

⌐ **투자 아이디어**

- 짧아지는 파츠 교체 주기.
- SiC 신사업 확장.
- 램리서치, TEL 등 비포 마켓 내 입지 강화.

주목 포인트

사업 내용

- D램 50%, 낸드플래시 40%, 파운드리 등 10%.

- 파츠 교체 주기가 굉장히 줄어들고 있음. 2017년 25일에서, 현재 2022년 2주 이하 수준.

- 비포 마켓, 월덱스는 애프터 마켓. 반면 고객사가 다변화돼 있음. 비포 마켓 수혜가 더 큼.

- 램리서치 매출 확대. 2020년 23억 원, 2021년 120억 원, 2022년 320억 원.

- TEL 매출 확대. 2020년 30억 원, 2021년 120억 원, 2022년 150억 원.

- SiC 링 매출 확대 2020년 65억 원, 2021년 195억 원, 2022년 425억 원.

티에스이

시가 총액: 4,600억 원

매출 안내

⌐ 2022년 분기별 매출 및 영업이익

	1분기	2분기	3분기	4분기(전망)
매출	809억 원	873억 원	895억 원	870억 원
영업이익	222억 원	225억 원	895억 원	159억 원

⌐ 2020~2022년 매출 및 영업이익

	2020년	2021년	2022년(전망)
매출	2,855억 원	3,076억 원	3,600억 원
영업이익	427억 원	552억 원	800억 원

⌐ 2021~2022년 사업별 매출

	2021년	2022년(전망)
프로브 카드	900억 원	900억 원
인터페이스 보드	680억 원	840억 원
소켓	380억 원	600억 원
OLED 검사장비	185억 원	65억 원
계열사	930억 원	1,200억 원

투자 인사이트

2022년 3분기 실적

- 판관비 증가, 해외 프로브 카드 단가 인하, 비수기 영향으로 수익성 감소. 프로브 카드 250억 원, 인터페이스 보드 190억 원, 소켓 80억 원. 특히 4분기 소켓 매출 100억 원 이상, 2023년에는 540억 원 전망.

- 프로브 카드는 로컬 업체 진입에 따른 경쟁 심화. 영업이익 축소 불가피. 고객사 캐펙스 축소, YMTC 규제 영향. 프로브 카드 등 메모리 제품군 단가 인하 압력 큼. 별도 매출 기준 메모리 비중 75%. 2023년 메모리 투자 축소로 프로브 카드 매출 하향 조정. YMTC 기대감 하향.

투자 아이디어

- 시스템반도체용 소켓 사업 성장.
- 수직계열화를 통한 계열사 시너지 효과.
- 프로브 카드 사업, 낸드 플래시에서 D램 및 번인 테스트로 확장.

소켓 사업

- 엘튠(소켓)은 시스템반도체향 공급. 패키징된 반도체 소자를 테스트하는 소켓. 칩 형태마다 소켓과 인터페이스 보드가 바뀌어야 함.

- 메모리는 소품종 대량 생산, 실리콘 러버 방식. 퀄컴, 엑시노스, AMD 승인받음. 리노공업 물량 가져올 것. 그동안 러버 타입은 내구성이 약해 비메모리에 적용하기 어려웠지만, 엘튠은 내구성 높여 약점 보완. 리노 핀보다는 30~40%가량 싸지만, 기존 실리콘 러버 타입 대비 2배 상승한 가격 받을 것으로 예상.

- 시스템반도체는 제각각/다품종소량생산, 포고 핀 방식. 포고핀 방식은 많은 수작업을 요하고, 비용도 2~3배 많이 듦. 저유전율, 내구성 좋아짐. 전기 특성도 좋음. 5G 고주파에도 유리.

프로브 카드 사업

- 칩과 테스트 장비를 연결하는 장치. 프로브 바늘이 웨이퍼에 접촉, 전기 신호를 보냄. 돌아오는 신호에 따라 불량 칩을 선별. (*국내 경쟁사 마이크로프랜드)

- D램 시장 진입을 위해 메가 프로브 지분 55% 보유. 향후 진입 노력.

- 글로벌 TOP 10 업체들이 80% 차지. 해외 업체는 높은 기술력이 요구되는 D램, 시스템반도체에서 높은 점유율. 미국 폼펙터, 유럽 테크노프로브, 일본 MJC 등. 국내 업체는 낸드 플래시, 번인테스트 비중 높음. 코리아인스트루먼트(비상장), 티에스이, 마이크로프랜드 등.

- 샘씨엔에스, 엔드 유저 기준 삼성전자 26%, SK하이닉스 19% 비중.

- 코리아인스트루먼트, 티에스이 통해 키옥시아 40% 비중.

- 마이크론, 인텔, 웨스턴디지털 등 15% 비중.

인터페이스 보드 사업

- 테스터와 핸들러를 연결하는 소모성 부품. 러버 타입 테스트 소켓을 직접 생산한 이후 인터페이스 보드 사업 실

적 고성장.

- DDR5 공정 변화로 수혜 기대. 수직계열화 강점. 자회사를 통해 필수 부품, 자재 등을 공급받음.

- PCB는 타이거일렉, 프로브 핀은 메가터치에서 공급. DDI를 다루는 엘디티, 반도체 테스트 하우스 지엠테스트. 지엠테스트는 패키징 테스트 하우스. 시스템반도체 강점.

특별부록

반도체 투자 반등 유망 종목 TOP 10

1판 1쇄 인쇄 2022년 12월 16일
1판 1쇄 발행 2023년 1월 6일

지은이 이형수
펴낸이 김선우
펴낸곳 헤리티지북스

편집 진다영
디자인 이찬미

본부장 김익겸
편집팀 여임동

경영지원 박형규 허라희
홍보마케팅 임예성 맹지선 고은빛 이예진
광고 비즈니스 이희재 김설희
제작 올인피엔비

출판등록 2022년 9월 15일
등록번호 제2022-000244호
주소 서울시 마포구 와우산로23길 20, 3층(서교동, 상도빌딩)
이메일 heritagebooks.rights@gmail.com